Georg Biron

Im Park der Spione

ISBN 3-85450-155-2

Georg Biron

Im Park der Spione

VERLAG DER APFEL

»Die meisten brauchen sehr lange,
um jung zu werden.«
PABLO PICASSO

1.

Der alte Koranda wartet auf seine Frau. Ein sonniger Nachmittag in Wien ist das. Ein schöner Herbsttag. Vielleicht der letzte, den er noch erleben darf. 69 ist er jetzt, und auch wenn alle sagen, daß er viel jünger aussieht, so hat er doch einige gekannt, die noch nicht einmal 69 waren, als sie der Teufel geholt hat. Schnell soll es gehen, wenn er es sich aussuchen dürfte, ganz plötzlich, der Schlag soll ihn treffen. Das wäre ein schöner Tod. Nur nicht in einem Heim oder in einem Spital. Als sabbernder Greis. Furchtbar. Er geht unter den Kastanienbäumen der kleinen Allee auf und ab und fühlt sich gar nicht alt. Er fühlt sich so, als könnte er 100 werden, aber wer will das schon.

Sie müßte schon längst da sein, seit einer Viertelstunde müßte sie da sein, mindestens seit einer Viertelstunde, aber sie kommt immer zu spät, seit 40 Jahren kommt sie zu spät, und er kann sich nicht und nicht daran gewöhnen, und von Jahr zu Jahr ärgert es ihn mehr. Leute, die zu spät kommen, haben keinen Respekt vor dem, der wartet. Wahrscheinlich wird sie sogar zu ihrem eigenen Tod zu spät kommen. Frauen kommen immer zu spät, er weiß nicht, woran das liegt. Sie sind nie im Leben pünktlich. Und mit Sicherheit kommen sie alle zu ihrem eigenen Tod zu spät, darum werden sie auch so alt und überleben die Männer meistens.

Der alte Koranda wird von der anderen Straßenseite beobachtet. Mit einer Videokamera gefilmt. Die Bilder zeigen einen schlanken großen Mann mit dichtem weißem Haar, sehr groß und sehr schlank ist er, der alte Koranda, und die riesige Hakennase gibt seinem Gesicht etwas Unverwechselbares. Er trägt schwarze Schuhe, schwarze Socken, einen schwarzen Maßanzug mit weißem Hemd und schwarz-roter Krawatte. Schwarz sind auch die Brillen, die er trägt, und weiß ist der Stock. Eine gelbe Armbinde mit drei schwarzen Punkten legt er nie an.

Die Kamera auf der anderen Straßenseite interessiert sich offenbar sehr für den alten Mann, sie filmt ihn in allen Details, von Kopf bis Fuß und auch die großen Hände. Und man kann sehen, daß den alten Mann seine Blindheit nicht zu beeinträchtigen scheint. Er geht mit sicheren Schritten auf und ab, und die Passanten, die an ihm vorübergehen, bewundern die aufrechte Haltung und den federnden Gang.

Eine Alarmanlage beginnt plötzlich zu heulen. Aus dem

Postamt nebenan stürmt ein maskierter Räuber, er flüchtet, ein Riese von einem Mann. Vor seiner Brust trägt er einen prallgefüllten Plastiksack mit der Beute. Während der Flucht verliert er einige Tausend-Schilling-Banknoten. Er schießt mit einem Revolver zweimal in die Luft. Einige Leute drehen ihre Köpfe. Hinter ihm stolpert eine dralle Postbeamtin in Uniform auf die Straße und kreischt ihm nach: „Hilfe, Überfall! Halten Sie den Mann auf! Er hat das Postamt überfallen!"

Der Räuber läuft in Korandas Richtung. Der alte Koranda hebt den Kopf wie ein Tier, das eine Witterung aufnimmt und lauscht. Er dreht seinen weißen Stock um und hält ihn jetzt wie einen Golfschläger. Der Räuber will an ihm vorbei, da bringt ihn der alte Koranda mit seinem Stock gezielt zu Fall. Blitzschnell kniet er sich auf den verdutzten auf dem Gehsteig liegenden Mann, der schwer atmet.

„Aus die Maus", sagt Koranda ganz ruhig. „Du bist verhaftet."

Im Hintergrund taucht eine Frau auf und starrt ungläubig auf die Szenerie. Sie hält sich erschrocken an ihrer Handtasche fest. Offenbar ist sie gerade vom Friseur gekommen: Waschen, Schneiden, Legen. Maria Koranda will nicht glauben, was sie sieht.

„Heinz!" ruft sie. „Komm sofort her!"

Koranda ignoriert ihren Ruf. Ein Polizeiauto mit Blaulicht und Sirene kommt und hält auf dem Gehsteig. Zwei Polizisten springen heraus. Sie übernehmen den gestellten Räuber und zerren ihn und den Geldsack zu ihrem Auto. Maria geht schnell auf ihren Mann zu, nimmt ihn beim Oberarm und zieht ihn energisch davon, so als wäre der alte Koranda ein kleines Kind. Die Polizisten und die Augenzeugen nehmen keine Notiz davon, daß sich die Korandas schnell entfernen. Sie sind mit dem Räuber beschäftigt, der sich jetzt auf einmal zu wehren beginnt und zu fliehen versucht, von den Polizisten aber festgehalten wird.

„Jetzt komm schon, Heinz", zischelt sie ihm zu. „Laß uns gehen! Daß du dich immer wieder wichtigmachen mußt! Ich versteh' dich nicht ..." Heinz und Maria Koranda gehen am Gehsteig an bröckelnden Fassaden entlang. Maria ist wütend und schlägt mit ihrer Handtasche nach seinem Kopf, er duckt sich nach dem ersten Treffer.

„Du alter Trottel!" sagt sie. „Mußt du dich denn immer überall einmischen? Kannst du nie vergessen, daß du einmal bei der Polizei warst?"

„Staatspolizei", korrigiert der alte Koranda. „Staatspolizei."

„Du alter Trottel, du alter ..."

Eine junge Frau mit kurzen schwarzen Haaren und vielen Sommersprossen im Gesicht filmt die beiden. Dann läßt sie ihre Videokamera sinken und schaut den Korandas nachdenklich nach. Wie kann man das nur aushalten, denkt sie. 40 Jahre oder auch mehr miteinander verheiratet zu sein. 40 Jahre oder auch mehr miteinander zu leben. Hat man da noch Geheimnisse voreinander?

Sarah Kant ist eine Studentin der Filmakademie. Sie möchte schon bald eine berühmte Dokumentarfilmerin sein. Doch für heute ist es genug. Sie schaltet ihre Kamera ab und geht zurück zu ihrem Auto, einem gut erhaltenen roten VW Käfer Cabrio. Das Auto ist mit offenem Verdeck am Straßenrand geparkt. Sarah setzt sich hinter das Lenkrad, sie nimmt eine Tequilaflasche aus dem Handschuhfach, schraubt sie auf und nimmt einen Schluck.

„Ich bin ganz sicher", sagt sie. „Das ist unser kalter Krieger. Mit diesem Film werde ich Preise gewinnen."

Sie gibt die Flasche weiter an eine junge blonde Frau, die auf dem Nebensitz kauert und jetzt ebenfalls einen Schluck Tequila trinken will: Rita Hegel möchte Schauspielerin werden und finanziert sich ihr Leben als Striptease-Tänzerin in der Innenstadt. Sie schaut auch in ihrer Freizeit gerne ein bißchen nuttig aus.

„Vielleicht heißt der nur genauso", plappert sie drauflos und schiebt sich ein großes Stück Schokolade in den Mund. „Es wird in Wien wahrscheinlich noch andere ... alte Männer geben, die Heinz Koranda heißen und die mit einer Maria verheiratet sind. Es könnt' ja auch sein, daß der, den du suchst, gar nicht mehr lebt. Oder er lebt woanders? In Moskau vielleicht?"

„Nein. Er ist es!" sagt Sarah bestimmt. „Ich weiß es."

„Vielleicht solltest du ihn ganz einfach fragen, ob er der ist, den wir suchen", meint Rita und nimmt noch einen Schluck aus der Flasche, bevor sie den Schnaps nach hinten reicht, wo die brave Sue Marx sitzt und das Gespräch ohne allzu großes Interesse verfolgt. Sue arbeitet als Journalistin bei einer Tageszeitung, sie ist eine Tochter aus reichem Haus und sehr exquisit angezogen. Rita und Sarah kennt sie aus der gemeinsamen

Schulzeit, die Flasche nimmt sie an sich, ohne daraus zu trinken. Sie schminkt ihre Lippen und schiebt ihre Brille den Nasenrücken hoch.

„Der Reiz des Films ist doch, daß er nicht weiß, daß er beobachtet wird", sagt Sarah zu Rita. „Die Kamera verfolgt ihn, sie kreist ihn ein und belauert ihn, und erst ganz am Schluß kommt es dann zum Duell. – »Duell mit einem Zeitzeugen«. Das wär' vielleicht gar kein schlechter Titel für diesen Film."

„Und ich hab' geglaubt, du hast endlich einmal eine Rolle für mich in deinem Film", schnurrt Rita, „endlich einmal eine Rolle in einem Film, wo ich mich nicht ausziehen muß."

„Striptease für einen Blinden!" lacht Sue. „Das wär' doch einmal was Neues!"

„Ja, genau!" sagt Rita. „Wieso nicht? Das wär' gar kein schlechter Titel für einen Film: »Striptease für einen Blinden«. Und alle, die sehen können, wollen sich das anschauen ..."

„Wenn du weiterhin soviel Schokolade in dich reinfrißt, dann wirst du bald so fett sein, daß du nur noch für blinde Männer strippen kannst", sagt Sue keck, doch Rita übergeht die Frechheit: „Ein Film von Sarah Kant. In der Hauptrolle: Rita Hegel."

„Und was ist mit mir? Welche Rolle spiele ich?" fragt Sue.

„Du fragst deinen Vater, ob er dir ein paar Millionen gibt", lacht Sarah und startet den Wagen. „Geld genug hat er ja. Dann kannst du den Film produzieren. »Striptease für einen Blinden«. So ein Blödsinn!"

Sarah fährt los. Die drei Frauen haben vor, ins Neuwaldegger Bad zu fahren. Ein sonniger Nachmittag ist das. Ein schöner Herbsttag. Vielleicht der letzte in diesem Jahr, an dem man noch baden gehen kann.

Schade, daß man dort nicht oben ohne baden kann, denkt Rita.

„Ich mach' mir halt Sorgen um dich!" sagt Maria zu ihrem Mann. „Du bist ja kein junges Bürscherl mehr, du blindes »Hendl«". Koranda lächelt. Er schwingt den weißen Stock so, wie er es beim Fällen des Räubers getan hat: „Und zack! – Schon ist er dag'legen ..."

Maria hat plötzlich ein paar neue Tausend-Schilling-Banknoten in der Hand und zählt nach: Es sind zwölf Scheine.

„Kunststück!" sagt sie. „Das war ein Trottel, der Räuber ...

Der hat ja sogar Geld verloren auf seiner Flucht. Bei einem richtigen Räuber wärst du nicht so leicht davon'kommen. Da tät'st jetzt schon in einem Holzpyjama liegen. »Hier ruht Heinz Koranda, ein Staatspolizist in Rente, der keine Ruh' gegeben hat. Er hinterläßt eine lustige Witwe ...« – Und soll ich dir was sagen? Recht tät' dir g'scheh'n ... Und für mich wär's ein Segen."

Der alte Koranda ist wenig beeindruckt: „Bevor ich sterb', Maria, stirbst du, das sag' ich dir. Ich bin zäh. Ganz zäh. Der Heinz Koranda ist ein ganz zäher Hund."

Maria steckt das Geld in ihre Handtasche: „Der Heinz Koranda ist ein alter Trottel ..." Sie hakt sich bei ihm lächelnd unter und sagt: „Ich lad' uns zum Mittagessen ein."

Maria und Heinz Koranda sind die einzigen Gäste. Sie essen – oder versuchen es zumindest – mit Stäbchen. Goldene Löwen stehen überall herum, bunte Lampions hängen von der Decke, rote und goldene Holzverschalungen sind an den Wänden montiert, und die Pling-ploing-pling-Musik, die der alte Koranda so gern hat, kommt aus kleinen Lautsprechern, die in bunten Blumenkästen aus Porzellan stecken. Die Serviererin räumt freundlich zwei leere Gläser ab. Koranda hält ihr einen Teller hin, auf dem ein Stück Fleisch liegt, die Serviererin nimmt den Teller ratlos an.

„Legen Sie das noch einmal auf den Grill, bis es aufgehört hat zu zappeln", sagt der alte Koranda streng. Die Serviererin nickt beflissen und geht devot mit dem Teller in Richtung Küche davon. Koranda stochert in einem zweiten Teller herum, der vor ihm auf dem Tisch steht: Er teilt sich eine große Portion »Acht Schätze« mit seiner Frau.

„Das können die auch nur bei uns in Wien als chinesisches Mittagessen verkaufen", mault Koranda. „Wenn du in Peking so eine Schweinerei servierst, dann stellen die dich dort sofort an die Wand, das sag' ich dir! Dann mußt du das alles selber aufessen, den ganzen Dreck, bis d' hin bist... Die kennen da gar nix."

„Ich weiß nicht, was du hast", sagt Maria und schüttelt den Kopf. „Mir schmeckt's ..."

„Das ist die Hauptsach'! Dir schmeckt's. Und ob's mir schmeckt, ist ja eh egal."

„Das schaut doch sehr gut aus! Und es gibt ein altes Sprichwort: »Das Auge ißt mit!« – Wenn du sehen könntest, wie das ausschaut, dann tät's dir auch schmecken."

„Ja, ja! Ich bin ja nur der alte blinde Trottel. Mit mir kann man's ja machen ..."

„Jetzt reg dich nicht schon wieder künstlich auf! Wir können halt nicht zum Mittagessen nach Peking fliegen. Wir sind ja keine Peking-Enten!"

„Peking ist aber eine schöne Stadt. Eine sehr schöne Stadt! Und die Chinesen ... sehr feine Menschen."

„Du willst ja nicht einmal mit mir nach Italien auf Urlaub fahren. Ans Meer ..."

„Italien? Was soll ich in Italien? Kannst dich nicht erinnern, wie das war? Vor 20 Jahren? Und heute ist es sicher noch schlimmer. Das reinste Chaos ... Da ist so ein Durcheinander am Strand ... die liegen alle herum, wie s' wollen. Da gibt's überhaupt keine Ordnung am Strand, nur Anarchie. Das schaut aus wie Beuschl mit Knödel ... Nein, nein, Maria. Ich fahr' nicht nach Italien."

„Dann red nix von China!"

„Sehr feine Menschen. Die tät'n sowas nicht fressen. Ich war einmal zum Essen eingeladen, beim chinesischen Geheimdienst. Das waren »Acht Schätze«, das kann ich dir sagen. Nicht so ein »Ratzen-Gulasch« wie das da ..."

„Dann laß es halt stehen ..."

Koranda schweigt und ißt, dann spuckt er das Essen wieder aus und schiebt den Teller weg.

„Wennst schon beteiligt bist bei einem Postraub", sagt er, „dann hätten wir auch in ein wirklich gutes Lokal essen gehen können."

Maria ist erstaunt: „Das hast du bemerkt?"

„Glaubst, ich bin blind?"

Maria meint, sich rechtfertigen zu müssen, und häuft noch eine Portion Reis auf ihren Teller: „Der hat die Tausender fallen lassen. Die sind auf einmal auf der Straße g'legen. Und niemand hat herg'schaut. Da hab' ich mich halt schnell gebückt und das Geld aufgehoben."

„Schnell gebückt?" fragt der alte Koranda. „Schnell gebückt? Wenn ich sag', du sollst mir die Schuhe anziehen, dann sagst du immer: »Ich kann mich nicht bücken, mir tut das Kreuz so weh!« Aber wenn ein paar Tausender auf der Straße liegen, kannst dich sofort bücken, nicht wahr? Ich bin ja nur der alte blinde Trottel. Mit mir kann man's ja machen."

„Ich hab dir doch eh die Schuhe angezogen."

„Wann?"

„Na, heute."

„Heute?"

„Weißt du's nicht mehr?"

„Na, sicher weiß ich es noch! Aber was war gestern? Ha? Gestern hast du s' mir nicht angezogen. Ich hab zu dir gesagt: »Zieh mir die Schuhe an!« Und du hast sie mir nicht angezogen. Alles muß man selber machen."

Die chinesische Serviererin kommt an den Tisch und bringt den Teller mit dem Fleisch.

„Schmeckt Ihnen das Menü?"

„Vorzüglich!" flötet der alte Koranda jetzt. „Gerade habe ich zu meiner Frau gesagt: Nicht einmal in Peking bekommt man bessere »Acht Schätze«. Sind Sie aus Peking?"

„Nein. Aus Linz", sagt die Serviererin. „Wollen Sie vielleicht noch etwas Süßes?"

„Ja, Sie liebe kleine Lotusblüte", sagt Koranda. „Bringen Sie uns noch ein Dessert."

„Liebe kleine Lotusblüte!" zischt Maria und wirft mit ihrer Serviette nach ihm. „Die Schuhe kannst dir nicht alleine anziehen, aber James Bond willst immer noch spielen. 007 und Weiberheld."

Ganz siebensüß entgegnet der alte blinde Koranda jetzt: „Aber geh, Maria. Du weißt doch: Ich habe nur Augen für dich ..."

Später, im Treppenhaus, öffnet Maria den Briefkasten. Da sind einige Werbezettel drinnen und eine Ansichtskarte. Maria schaut die Karte aufmerksam an: Die Vorderseite zeigt eine Ansicht des Roten Platzes und den Schriftzug »MOSCOW«. Dann dreht sie die Karte um. Sie ist adressiert an Heinz Koranda. Auf dem weißen Feld für den Text steht: »Natascha kommt in den Park der Spione.«

„Und?" fragt Koranda. „Ist was für mich dabei? Der »Playboy« in Blindenschrift?"

„Das tät' dir so passen, du perverser Lustgreis! Junge nackte Weiber befingern. Das tät' dir so passen."

„Die Chinesen sagen: Wenn die Wurzel nicht vertrocknet ist, dann ist der Baum noch nicht tot."

Maria schließt laut den Briefkasten und steigt die Treppe hoch.

„Die Wurzel ist schon lange vertrocknet", sagt sie ohne Gnade. Koranda »schaut« ihr bitter nach, dann folgt er ihr langsam.

„War gar nix dabei für mich in der Post?"

„Gar nix. Wer schreibt schon einen Brief an einen Blinden? Laß mich nicht vergessen, daß ich nachher noch unseren Buben anrufen muß ..."

Koranda bläst seine Wangen auf, wie immer, wenn ihm etwas nicht gefällt: „Den Buben ... und seine Familie, diese miese Bagage. Warum müssen eigentlich immer wir anrufen. Die rufen uns nie an. Außer wenn s' dringend ein Geld brauchen ... G'sindel."

„So darfst du nicht über ihn reden, Heinz. Das ist immerhin unser Fleisch und Blut."

„Deins vielleicht, Maria. Dein Fleisch und Blut. Meins nicht."

Die Handtasche entgleitet ihr und fällt krachend zu Boden. Maria hebt die Tasche auf und sucht die Schlüssel: „Das hör' ich jetzt schon seit 40 Jahren. Und ich will's nicht mehr länger hören. Der Robert ist dein Bub – und damit basta."

„Reden tut er wie der Dings ... mein ehemaliger Chef, der depperte Huber ... Und je älter der Robert wird, umso ähnlicher wird er dem depperten Huber. Der ist nie im Leben mein Kind. Den Buben hast du mir ins Nest g'legt. Das ist ein Kuckucksei."

Maria sucht weiter nach ihrem Schlüssel: „Ich hab' nie was g'habt mit dem Hofrat Huber. Nie! Er hätte schon wollen, aber ich bin dieser Versuchung nicht erlegen. Merk dir das jetzt endlich ... Hast du die Wohnungsschlüssel?"

Koranda lacht und schüttelt den Kopf: „Schon wieder? Du hast schon wieder unsere Schlüssel vergessen? Zu mir sagst du: »Alter Trottel!« Und du vergißt immer wieder die Wohnungsschlüssel? Wer von uns zwei ist mehr verkalkt? Du oder ich?"

Seine Stimme hallt im ganzen Stiegenhaus, und Maria durchsucht nochmals ihre Taschen: „Ich war ganz sicher, daß ich sie eing'steckt hab'. Aber sie sind nicht da."

Koranda tastet sich vor zur Wohnungstüre, klopft mit seinem Blindenstock den Türrahmen ab und schiebt Maria zur Seite: „Geh weg, du alte Schlamp'n. Ich kann diese Tür auch ohne einen Schlüssel aufmachen." Heinz Koranda nimmt einen Anlauf und wirft sich mit der linken Schulter gegen die Wohnungstüre, aber die Türe springt nicht auf. Koranda verzieht das Gesicht vor Schmerz und greift nach seiner Schulter, um sie zu massieren.

„Tut's weh?" fragt Maria schadenfroh.

Koranda beißt die dritten Zähne tapfer zusammen und bleibt die Antwort schuldig. Maria dreht sich mit dem Rücken zur Türe, sie wirft ihrem Mann dabei einen triumphierenden Blick zu und tritt mit dem rechten Fuß heftig gegen das Holz. Es sieht aus, als würde ein Pferd ausschlagen, und: Die Tür springt auf.

„Du bist wirklich für nix mehr zu gebrauchen", sagt Maria und denkt: Aber ich liebe ihn, diesen Sturschädel. Er ist ja gar nicht so, wie er sich immer gibt. In Wahrheit, im Innersten seines Herzens, da ist er ganz anders. Ich weiß es, ich habe es immer gewußt. Wäre er so, wie er sich gibt, dann wäre das Leben mit ihm nicht auszuhalten. Sie betritt die Wohnung. Koranda folgt ihr und flüstert zu sich selbst: „Auch ein gutes Pferd stolpert irgendwann einmal ..."

Die Tür fällt krachend hinter ihnen zu.

Das Fenster des Redaktionsbüros läßt einen großzügigen Blick über die Stadt zu. An einem Tisch lümmelt Sarah, die Füße auf der Tischplatte, und trinkt Kaffee. Auch Rita ist hier, sie geht auf und ab und probiert vor einem großen Spiegel wilde Tanzschritte aus ihrem Striptease-Programm.

„Manchmal kann man gar nix dafür", sagt Rita und geht in die Hocke. „Ich hab' ein Problem mit meinem Vater, seit ich 14 bin. Damals hat er sein erstes Haus gebaut und war jede freie Minute auf der Baustelle. Und er wollt' unbedingt, daß ich auch auf der Baustelle bin, damit ich was lern' oder damit ich ihn zumindest bewundere, was weiß ich? Jedenfalls hat er einmal irgendwas an der Mischmaschine gemacht, keine Ahnung, was, es hat nicht funktioniert – und ich wollt' ihm helfen und hab' ... halt die Mischmaschine eingeschaltet. So laut hab' ich meinen Vater noch nie schreien gehört."

Sarah ist wirklich entsetzt: „Dein Vater ist mit der Hand in die Mischmaschine gekommen?"

„Genau. Der Arm ist ganz verdreht vom Körper weggestanden. Die Mama hat die Rettung geholt, und mein Vater hat g'sagt, daß er mich umbringt und daß er mich nie wieder auf der

Baustelle sehen will und daß ich ab jetzt zu Hause in der Wohnung bleiben muß. Aber das war halt auch keine gute Idee. Ich hab' nämlich zu Hause einen Chemiebaukasten g'habt und ..."

Die Tür geht auf, und ein junger Mann betritt das Zimmer. Er trägt einen Stapel Aktenordner. David Pospischil ist Mitte Zwanzig, Archivar und Redaktionsbote, ein schüchterner Bursche mit Nickelbrillen und einem sehr knackigen Hintern, wie Rita sofort bemerkt. Er schleppt die Aktenordner zum Tisch und läßt sie vorsichtig neben Sarah auf die Tischplatte nieder. Hinter ihm ist Sue ins Zimmer gekommen und fächert sich Luft zu. Sie stöhnt und streckt ihr Kreuz durch, obwohl sie gar nichts getragen hat: „Puh! – Das ist ganz schön schwer. Ich hoffe, ich hab' jetzt alles beisammen."

Sarah macht sich über die Akten her: „Wunderbar!"

Knackarsch Pospischil wendet sich errötend an Sue: „Brauchen Sie noch was, Frau Susanne?

„Nein, danke David. Du kannst gehen."

David schleicht mit einem neugierigen Blick auf Rita davon: „Also dann, Wiedersehen ... bis zum nächsten Mal halt."

Sue putzt ihre Brille und verscheucht ihn mit einer flatternden Handbewegung: „Ja, ja, danke. Wir wollen jetzt nicht gestört werden."

David schließt die Türe hinter sich.

„Das ist es", sagt Sarah plötzlich ganz aufgeregt. „Österreichische Staatspolizei, von 1960 bis 1969. Und von 1970 bis 1979."

Sue schnalzt mit der Zunge: „Ich hab' dem kleinen Wixer aus dem Archiv versprechen müssen, daß ich mit ihm morgen essen gehe, sonst hätte er mir das nicht rausgesucht und raufgetragen."

„Der Kleine ist eh ganz knuddelig", meint Rita und richtet ihre Brüste. Sarah, begeistert vom Material, blättert in den Akten. Sue schaut ihr dabei neugierig über die Schulter ... Sie entdeckt in einer Klarsichthülle eine Fotografie, die Heinz Koranda vor mehr als 30 Jahren zeigt: „He! Ist er das? Ist das der Kalte Krieger?"

„Ja", sagt Sarah. „Wart einmal ... Was steht da? »Heinz Koranda 1961: Spioniert der Stapo-Mann für die Sowjetunion?« – Das ist doch Blödsinn!"

Rita kümmert sich nicht darum: „Der hat vielleicht eine große Nas'n, der junge Koranda ... Das ist ja fast wie beim Pinocchio! Auf so ein Gesicht möchte sich jede Frau einmal draufsetzen und sagen: »Und jetzt lüg mich ein bißchen an, Pinocchio!«"

Sue setzt ihre Brille auf und starrt auf die Fotografie: „Wie die Nase des Mannes ..."

„Wenn der mit seiner Nase gegen einen Baum rennt, dann hat ein Specht eine Drei-Zimmer-Wohnung ...", lacht Rita.

Sue wendet sich an Sarah: „Ich weiß immer noch nicht, was du eigentlich mit dem ganzen alten Zeug willst. Wenn ich morgen mit dem kleinen Wixer aus dem Archiv essen gehen muß, dann will ich wenigstens wissen, warum."

„Wo sie recht hat, hat sie recht", nickt Rita.

„Ihr hörts mir einfach nie zu", resigniert Sarah und wiederholt, was sie ihren Freundinnen schon im Neuwaldegger Bad erklären wollte, aber die beiden haben lieber mit den Bodybuildern geflirtet: „In den sechziger Jahren war Wien eine Drehscheibe der Geheimdienste zwischen West und Ost, klar? Und die Spione haben sich hier relativ ungestört bewegen können, weil es den Österreichern wurscht war – solange niemand gegen Österreich spioniert hat. Und dieser Heinz Koranda, genannt »Der Läufer«, war in den sechziger und siebziger Jahren eine ganz wichtige Figur in diesem Spionagespiel. Der hat überall seine Finger drinnen gehabt. Und in diesen Aktenordnern ist das alles aufgeschrieben."

„Ich hätt' mir nicht gedacht, daß die beim Geheimdienst einen Blinden nehmen", sagt Rita nach einer Weile. „Der weiß ja nicht, wo er hinschießen soll, wenn er nix sieht ..."

Sue verdreht die Augen: „Damals war der doch noch gar nicht blind!"

„Und woher willst du das wissen?" fragt Rita. „Du glaubst immer, du weißt alles, weil du eine Journalistin bist ... Aber ohne deinen Herrn Papa hättst du doch diesen Job gar nicht bekommen. Du brauchst ja wirklich für alles deinen Papa!"

„Warum müßt ihr zwei eigentlich immer streiten?" fragt Sarah und packt die Aktenordner zusammen. Sie kennt die Antwort: Rita ist neidisch, weil Sue soviel Geld hat, und Sue würde auch gern einmal von den Männern so begehrt werden wie Rita.

„Ich warne dich!" sagt Sue erbost zu Rita und ballt die Fäuste. „Irgendwann einmal reicht's mir! Freundin hin oder her, einmal werd' ich dir mit der Faust eine auf dein freches Mundwerk geben und dann ..."

Rita fällt ihr lächelnd ins Wort: „He, he, he! Aber das ist doch ..."

„Ja? Aber das ist doch was?" schreit Sue. „Was?"

Rita beginnt zu lachen: „Entschuldige ... Es ist nichts. Ich wollte dich bei deinen Drohungen nicht unterbrechen."

Sarah legt sich lächelnd eine Hand auf die Stirn und wendet sich zum Gehen: „Ich werde euch beide jetzt wegen Migräne verlassen – bevor ich sie durch eure Unterhaltung kriege."

„Warte! Ich komme mit", schnurrt Rita, und Sue wendet sich an Sarah: „Sie provoziert mich immer wieder! Warum provoziert sie mich? Nur weil diese Nutte mit meinem Papa ... gef... im Bett war ... hat sie noch lange nicht das Recht, mich andauernd zu provozieren ... diese Nutte."

„Das mit deinem Herrn Papa war gar nicht so toll", sagt Rita. „Es gibt einige Männer in seinem Alter, die weitaus mehr ..."

Sue hält sich die Ohren zu und schreit: „Halt 's Maul, ich will's nicht wissen!"

Rita schüttelt den Kopf: „Stell dich nicht so an! Morgen gehst du mit Monsieur Knackarsch essen, und wenn du dich nicht zu blöd dabei anstellst, dann wirst du dieses gamsige Fliegengewicht ja hoffentlich vernaschen können ... Und das Beste daran ist: Ich bin nicht einmal in der Nähe!"

Sarah, die Aktenordner fest umschlungen, und Rita verlassen gemeinsam das Büro. Sue zögert noch, sie möchte eigentlich im Büro bleiben, aus Trotz und weil sie beleidigt ist, aber dann macht sie eine wegwerfende Handbewegung und folgt ihren Freundinnen nach.

„Die Aktenordner müssen im Haus bleiben!" ruft sie ihnen nach, aber sie weiß natürlich, daß die Aktenordner nicht im Haus bleiben werden. Es ist zum Verrücktwerden mit diesen Weibern.

2.

Die Wohnung ist seit Jahrzehnten im Besitz der Korandas. Ein Glas, halbvoll mit Wasser, steht auf einem Tisch. Im Wasserglas lümmelt eine kurzstielige Rose, die den Kopf hängen läßt. Am Boden des Wasserglases liegt ein Gebiß: Korandas dritte Zähne. Daneben sitzt Koranda in einem Fauteuil und hört aufmerksam der Musik zu, die von einem Plattenspieler kommt. »Route 66« von Nat King Cole.

Koranda greift zielsicher in das Glas, holt die Zähne heraus und setzt sie in seine Mundhöhle ein. Maria schleicht auf Zehenspitzen, mit einem großen schwarzen Müllsack in der Hand, wie eine Diebin durch das Wohnzimmer. Ihre Frisur ist immer noch wie frisch vom Friseur. Sie trägt einen einteiligen bunten Badeanzug mit einer alten und vergilbten, ehemals weißen »MISS VIENNA 1955«-Schleife und packt leise Teddybären in den Müllsack.

Überall hier sind Teddybären. Eine Wand des Zimmers ist voller Teddybären in verschiedenen Farben und Größen, die mit Eisennägeln befestigt worden sind. Auch auf dem Fußboden des Zimmers liegen überall verstreut Teddybären herum, denen Maria den Garaus machen möchte. Der alte Koranda hebt plötzlich den Kopf, als würde er etwas Gefährliches wittern: „Maria?"

Sie hält inne und erstarrt.

„Maria? Was machst du? Ich weiß genau, daß du was vorhast. Ich warne dich: Laß meine Wut-Bärlis zufrieden. Du weißt, was der Arzt gesagt hat. Ich brauche meine Wut-Bärlis."

Koranda greift sich einen Teddybären vom Fußboden und steht langsam auf, er hält den Bären wie einen Stein in seiner Rechten.

Maria gibt ihre Erstarrung auf. „Ich hasse diese Wut-Bärlis!" schreit sie. „Man kommt sich ja vor wie in einem Kindergarten!"

Koranda, plötzlich aggressiv, schleudert den Teddybären, den er in seiner Hand gehalten hat, gegen eine Wand des Zimmers: „Du willst mich umbringen! Wie soll ich mich abreagieren, wenn du mir die Wut-Bärlis wegnimmst? Ich würd' sofort einen Herzschlag kriegen, und das wär' für dich wahrscheinlich ein Freudentag, was? Die lustige Witwe ... Aber mit meiner Rente machst du dir keinen Lenz."

„Beruhig dich doch!“

Koranda schreit: „Ich bin ganz ruhig! Sonst würde ich nämlich einen großen Bären hier an die Wand nageln, wenn ich nicht ganz ruhig wäre! Ich lasse es nicht zu, daß du meine Bären wegschmeißt!“

„Der Doktor hat gesagt, du darfst dich nicht so aufregen.“

Das Wortgefecht wird immer heftiger, es ist wie ein altes rituelles Spiel zwischen den beiden, ein Auf und Ab der Gefühle. Immer und immer wieder geübt.

„Der Doktor hat gesagt, ich soll ganz einfach einen Bären an die Wand schmeissen, wenn ich eine Wut kriege“, tobt der alte Koranda, „und wenn's ganz arg ist, dann soll ich einen an die Wand nageln! Aber wie kann ich das tun, wenn du meine Wut-Bärlis weggeben willst. Sag mir das, du Miststück!“

„Ich wollte ja nur ein bißchen Ordnung machen“, lügt Maria. „Damit ich nicht immer über diese sch... Teddybären stolpere.“

Koranda bückt sich, hebt einen Bären auf, tastet sich zum Tisch vor, wo ein großer Hammer und eine Schüssel mit Eisennägeln liegen, er nimmt den Hammer und einen Nagel aus der Schüssel und geht mit energischen Schritten zur Wand.

Maria schaut ihn traurig an, fast kommen ihr die Tränen: „Das hast du noch nie zu mir gesagt ... »Miststück.« Noch nie.“

Koranda nagelt mit wuchtigen Schlägen den Bären an die Wand, dann läßt er den Hammer zu Boden fallen und verläßt die Wohnung: „Ich geh' jetzt Schach spielen.“

Rita, Sue und Sarah sitzen im Käfer Cabrio, das am Straßenrand geparkt ist. Alle starren in die Richtung eines kleinen Parks. Sarah schaut durch die Kamera und spricht einen Kommentar zu ihren Videoaufnahmen: „Die Welt rundherum ist auseinandergefallen, der Kalte Krieg ist zu Ende, aber die Kalten Krieger gibt es noch. Sie sind wie Gespenster aus einer anderen Zeit. Sie spuken herum im Nebel der Gegenwart. Auch Heinz Koranda ist so ein Gespenst ...“

„Die sterben langsam vor sich hin“, sagt Sue ganz leise und denkt an ihren Vater, der wieder einmal im Spital liegt. Und an ihre Mutter, der man beide Brüste abgenommen hat und die dann doch sehr bald gestorben ist.

Rita versteht die Betroffenheit ihrer Freundinnen nicht, sie bleibt ganz ruhig und sagt mit einem Blick auf ihre Uhr: „Ich muß jetzt strippen gehen. Die Männer sind wahrscheinlich schon ganz geil auf meine Cellulitis."

Auf einem kleinen Platz im Park befindet sich ein Schachbrett, drei mal drei Meter groß, auf dem man mit Figuren spielen kann, die fast so groß wie Kinder sind.

Sechs Männer stehen um das Spiel herum, und Sarah Kant hat bei ihren Recherchen längst herausgefunden, um wen es sich handelt.

Da ist einmal Franz Binder, 71 Jahre alt, mit Spitzbauch und Glatze. Er sitzt im Rollstuhl, trägt Anzug mit Mascherl und trinkt hin und wieder Kaffee mit Brandy aus einer Thermosflasche. Er ist ein ehemaliger Staatspolizist. Dr. Florian Wagner ist 66, eher schmächtig, er hat einen blauen Trainingsanzug an, eine weiße Schirmkappe und er leidet an einer starken Parkinsonschen Schüttellähmung. Auch er ist ein ehemaliger Staatspolizist. Genauso wie Mag. Herbert Swoboda, 69, Brillenträger, breitschultrig, ein wirklich sportlicher Senior – vor allem im Vergleich zu den anderen hier.

Hans Müller ist 72, ein Mann im gestreiften Bademantel, der mit einem fahrbaren Metallgestell herumgeht, auf dem eine Flasche für seine Infusionen montiert ist. Auch er ist ein Staatspolizist gewesen. Philip Ross ist 70, ein Amerikaner, der seit mehr als 20 Jahren in Wien lebt und früher für die CIA gearbeitet hat, eine vitale Erscheinung. Er raucht dicke Zigarren, kann Klavier spielen und spricht mit Akzent.

Als sechster Mann steht Heinz Koranda in der Gruppe der Schachspieler. Koranda hat das Spiel offensichtlich im Kopf, denn er gibt nur Befehle, und Ross führt seine Züge aus. Korandas Gegner ist der Mann im Rollstuhl, Franz Binder. Da man mit dem Rollstuhl nicht an die Figuren heranfahren kann, braucht auch Binder einen Helfer für das Spiel: Der Mann im Trainingsanzug, Wagner, führt Binders Züge aus. Die anderen beiden, der sportliche Swoboda und Müller, stehen abseits und beobachten von dort das Spiel. Swoboda zündet sich eine dicke, selbstgedrehte Zigarette an und stößt dicke süßlich riechende Rauchwolken aus, Müller hält sich an seinem Metallgestell fest und schnuppert argwöhnisch.

Koranda sagt zu Ross: „Schwarzer Läufer von B-4 auf C-3."

Ross ist gar nicht einverstanden: „That's bullshit, man! Du solltest lieber deine Dame in Sicherheit bringen, bevor sie von

Mister Binder gefickt wird.“

„Ich weiß auch ohne CIA, was ich zu tun habe“, lächelt Koranda. „Ich passe schon auf meine Dame auf. Tu lieber, was ich dir sage, Ross: Schwarzer Läufer von B-4 auf C-3. Du bist so ein miserabler Schachspieler. Mich wundert nicht, daß der KGB damals gerade dich gegen seine beiden Agenten austauschen wollte.“

Ross bewegt die Figur, wie Koranda es haben will: „Wenn's nach mir gegangen wäre, hätte die CIA mich nicht heimholen müssen. Ich wäre damals lieber in Leningrad geblieben. Der KGB hatte ein paar phantastische Mädchen im Einsatz. Und die haben nicht nur Schach mit mir gespielt ...“

„Was rauchst denn du da für ein süßes Kraut?“ fragt Müller nach einer Weile seinen ehemaligen Vorgesetzten Swoboda. „Das riecht merkwürdig ... Ist das am Ende gar ein Rauschgift?“

Swoboda macht einen tiefen Zug: „Ja. Das soll sehr gesund sein. Ich habe im Radio einen Beitrag gehört ... da war ein Vortrag über Pensionisten auf Ö1. »Es ist besser als Medikamente und hilft älteren Menschen gegen Depressionen und Gelenksschmerzen«, haben sie im Radio gesagt. Willst einen Zug?“

Müller zuckt mit den Achseln: „Warum nicht? Ich hab' seit den sechziger Jahren kein anständiges Marihuana mehr geraucht.“ Müller nimmt den Joint und macht ein paar tiefe Züge, behält den Rauch in der Lunge, solange es geht, dann bläst er hustend aus, das Metallgestell mit der Infusion scheppert. Müller gibt den Joint an Swoboda zurück: „Das ist guter Stoff, wirklich guter Stoff. Hat dir den dein neuer Arzt verschrieben?“

„Der ist aus dem Polizeidepot.“

Koranda verliert das Interesse am Schachspiel und fragt seine Leute: „Könnts euch noch erinnern, wie der Nixon in Wien war? 1956? Der hat damals lauter Müll geredet und wie wild die Kinder von irgendwelchen ungarischen Flüchtlingen abgeküßt. Und wir haben als Sklaven der Amerikaner agieren dürfen.“

„Und vorher hat ...“, sagt Müller mit einem Fingerzeig auf Ross, „der amerikanische Geheimdienstchef ... der gute alte Allen Dulles ... seinen ehemaligen Schwiegersohn Fritz Molden angerufen ...“

„... der damals Chefredakteur bei der »Presse« war“, erinnert sich Koranda. Swoboda und Müller nähern sich. Swoboda weiß, wie die Geschichte weitergeht. Sie reden oft über die alten Zeiten: „Und der Dulles hat den Molden gebeten, Nixon bei seinem Wien-Aufenthalt persönlich zu betreuen."

„Der Molden war immer auf eurer Seite", sagt Müller zu Ross.

Binder ist von den alten Geschichten genervt: „Also, so geht das nicht, meine Herren. Spielen wir hier Schach oder sind wir am Stapo-Stammtisch?"

„Dann mach endlich einen Zug, du alter Kämpfer!" sagt Koranda. „Du warst sowieso die meiste Zeit im Krankenstand."

„Ich mache eine Rochade nach links", beschließt Binder. „Hast gehört, Wagner? Eine Rochade. Das kann nie verkehrt sein."

„Erinnerst du dich noch an deine Rochade nach links im 62er-Jahr? In Budapest?" fragt Koranda spitz. „Die war ganz schön verkehrt. Zwei Tote in der Donau ..."

„Laßts mich in Ruh' mit den alten Zeiten. Fehler passieren halt."

„Du sagst es", sagt Wagner. „Zwei Tote in der Donau."

„Und diese Rochade war auch ein Fehler, Meister Binder", sagt Koranda. „Jetzt bist du nämlich gleich ganz schön Schachmatt." Ein Zug von Ross im Auftrag von Koranda, und Binder ist schachmatt. Müller und Swoboda beginnen, fast unmerklich, zu kichern, der Joint zeigt Wirkung.

„Ich will sofort eine Revanche", schreit der Mann im Rollstuhl, der nicht verlieren kann. Das hat Binder noch nie gekonnt.

In einem Tattoo-Shop in einem Hinterhof in Gumpendorf tätowiert ein langhaariger Bursche Ritas nackte Brüste: Ein Herz und viele Blumen. Sarah und Sue schauen interessiert zu. „Es ist eine Freude, so junge stramme Brüste zu tätowieren", flüstert der Tätowierer in Ritas Ohr, und Sue gibt insgeheim zu, daß Rita von allen ihren Freundinnen die schönsten Brüste hat.

„In 20 Jahren werden das die hängenden Gärten sein", antwortet Rita, die sich über den Verfall des Fleisches keine Illusionen macht, und Sue unterstützt sie dabei gerne: „Ich kenne eine Frau, die hat sich in jungen Jahren ein kleines Vogerl auf die Brust tätowieren lassen. Das ist heute ein riesengroßer Adler. Die ist im Lauf der Zeit ganz schön auseinandergegangen."

„Dokumentarfilm hin, Dokumentarfilm her", sagt Rita nach

einer Weile zu Sarah. „Warum interessierst du dich eigentlich so sehr für diesen alten Vogel?“

„Dieser alte Vogel ist, glaube ich, mein Großvater“, sagt Sarah. „Ich bin aber nicht ganz sicher.“

Am Abend ist Koranda gutgelaunt. Er tigert in der Wohnung umher und sortiert seine Wut-Bärlis, er legt sie in Reih und Glied auf seiner alten Couch auf. Maria ist immer noch in ihrem seltsamen »MISS VIENNA 1955«-Badeanzug, in dem sie alten Zeiten nachhängt. Sie studiert nachdenklich die Karte aus Moskau.

„Und auf ja und nein war er schachmatt, der Binder“, erzählt ihr Koranda gutgelaunt und setzt verächtlich nach: „Eine Rochade nach links ... Das ist wirklich ein alter Trottel, aber der war schon ein alter Trottel, wie er noch jung war und nicht im Rollstuhl g'sessen ist ... Der Binder hat im 55er-Jahr einen Eisenbahner verhaften lassen, der ein Wiener Telefonbuch hinüber in die Tschechoslowakei geschmuggelt hat. Das muß man sich einmal vorstellen: Ein Telefonbuch! Und er hat den armen Eisenbahner dann auch noch wegen Landesverrat verurteilen lassen!“

Maria schaut ernst auf die Ansichtskarte und fragt dann ihren Mann: „Wie oft hast du dich eigentlich mit einer anderen getroffen, seit wir verheiratet sind?“

Koranda stößt sich den Kopf an einem Regal: „Au! Warum willst denn das wissen? Ich kann mich ja selber nicht mehr an alle erinnern. Das ist doch alles schon ewig her.“

„So oft hast dich mit anderen Frauen getroffen, daß du gar nicht mehr weißt, wie viele es waren?“

„Aber nein, Maria. Das war doch nur Spaß! Ich hab' mich nicht getroffen ... Nie wirklich! Hin und wieder hab' ich Sachen mit Frauen tun müssen, aber nicht oft, es war immer nur wegen der nationalen Sicherheit.“

„Sex? Hast du Sex mit ihnen gehabt?“

Koranda wird unwirsch: „Na, glaubst du vielleicht, ich war mit denen beim Würschtlstand auf ein Senfbrot? Ich hab' dir ja gesagt: Das war alles wegen der nationalen Sicherheit. Wir haben damals solche Sachen tun müssen. Es ist um die Zukunft der Zweiten Republik gegangen.“

„Und? Wie war's?“

„Was?“

„Der Sex. War der Sex wegen der nationalen Sicherheit besser als der Sex mit mir? Ich muß das wissen, Heinz!“

Er legt zwei Wut-Bärlis aufeinander und läßt sie heftig vögeln.

„Ja, ja, ja!“ keucht er. „Es war ein Erdbeben! 6,5 auf der nach oben offenen Richter-Skala.“ Er wirft die Bären weg und steckt die Hände in die Taschen. „Ich weiß nicht, was du wissen willst, Maria. Frag' ich dich, wie's mit dem depperten Huber war? Ich war damals im Dienst, ich hab' die westliche Demokratie verteidigt, das war kein Spaß.“

Maria läßt sich nicht ablenken: „Wer ist diese Natascha?“

„Welche Natascha?“

„Eine Natascha aus Moskau. Die hat dir jetzt schon die dritte Ansichtskarte geschrieben. Die weiß anscheinend nicht, daß du blind bist. Sie kommt in den Park der Spione, schreibt sie.“

Der alte Koranda wird wütend oder tut zumindest so: „Du liest meine Post? Ich frage dich immer, ob Post für mich gekommen ist, und du sagst »Nein!« und liest heimlich meine Post?“

„Wer ist diese Natascha? Wie gut kennst du sie? Hast du's mit ihr auch getrieben?“

„Natascha, Natascha ... Sie war eine Agentin vom KGB. Das ist lange her ... Ich hab' geglaubt, die ist schon seit zehn Jahren tot.“

„Nachricht aus dem Jenseits ist das aber keine“, sagt Maria trotzig. Sie weiß, daß sie jetzt auf ihn Druck ausüben kann, und das gefällt ihr. „Was will sie von dir, diese Natascha?“

Koranda bläst die Wangen auf, er hält ein gelbes Wut-Bärli fest umschlungen, tastet nach dem Fauteuil und läßt sich hineinfallen: „Geh mir nicht auf die Nerven, Maria! Ich bin in Pension. Du kannst mich foltern mit deinem Reisfleisch. Ich weiß nichts.“

Maria wendet sich frustriert ab: „Alter Trottel ... Was hast du eigentlich gegen mein Reisfleisch?“

„Nix! Wie spät ist es?“

Maria schaut zur Wanduhr, sie hätte jetzt gute Lust, ihm eine falsche Zeit zu nennen, aber sie hat ihn noch nie belügen können. Nicht in solchen kleinen Dingen: „Gleich halb acht. Hast du noch ein Rendezvous?“

„Dann sind jetzt die Nachrichten“, sagt Koranda. „Dreh den Fernseher auf, vielleicht haben sie einen von diesen miesen Hunden erschossen ...“

„Wen meinst du?“

„Mir ist jeder recht.“

Maria dreht den Fernsehapparat mit einer Fernbedienung auf und hört die Signation der ORF-Nachrichten »Zeit im Bild«. Maria will in die Küche gehen, die Nachrichten machen sie traurig, sowas will sie sich nicht anschauen.

„Ich will endlich einmal Ruhe haben im Leben“, sagt sie. „Wenn du dich mit dieser Natascha triffst, dann lass' ich mich scheiden.“

Koranda wirft den gelben Teddybären in ihre Richtung: „Ist das ein Versprechen?“

Maria weicht dem Geschoß geschickt aus, nicht zum ersten Mal: „Das ist mein Ernst! Ich verlasse dich.“

„Du verläßt mich? Soviel Glück ertrag' ich nicht.“

Sie zeigt Koranda die lange Zunge und verschwindet schnell und wortlos in der Küche.

Eine »Zeit im Bild«-Nachrichtensprecherin berichtet: „Im Festsaal der Wiener Hofburg ist heute vormittag vom Bundespräsidenten das Goldene Ehrenkreuz der Republik Österreich für besondere Verdienste an den 90jährigen Wolf-Dieter Hackl verliehen worden. Hackl hat 1956 im Salzkammergut eine amerikanische Privatschule gegründet und hat sich, wie der Bundespräsident in seiner Festrede ausführte ...“

Maria öffnet in der Küche eine Ravioli-Dose. Sie hört die Stimme des österreichischen Bundespräsidenten: „... in jahrzehntelanger Arbeit um die Kultur und um die Bildung in diesem Land verdient gemacht. Ich freue mich, Ihnen heute diese hohe Auszeichnung der Republik überreichen zu dürfen ...“

Am nächsten Tag fahren sie gemeinsam ins Burgenland. Ein hölzerner Pfahlbau im Schilfgürtel des Neusiedlersees bei Rust ist ihr zweites Zuhause. Eine Art Schrebergartenhütte auf dem Wasser, die sich nur mit einem Boot erreichen läßt. Rund um die Hütte verläuft eine hölzerne Terrasse. Der Sohn der Korandas ist da, Robert, wie immer in einem karierten Sakko mit aufgenähten Ellbogenschützern aus Leder. Er ist ein schweigsamer Enddreißiger mit einer großen Nase, auf der eine bunte Brille sitzt, die so gar nicht zu ihm paßt. Seine blonde Frau Sybille ist eine richtige Vorstadt-Beauty in einem kurzen Stretchkleid, eine üppig gebaute Hausfrau und Mutter von zwei Kindern: Jennifer und Alexander, acht und zehn Jahre alt, sehr lebhafte Fratzen.

Der alte Koranda weiß, daß sein Sohn dieser Frau hörig ist, sie macht mit ihm, was sie will, weil sie im Bett ein paar Sachen tut, die anständige Frauen nicht tun, sein Sohn Robert hat ihm ein paar Andeutungen in diese Richtung gemacht. Außerdem hat der alte Koranda die beiden vor Jahren von Müller überwachen lassen. Ohne diese Spielchen im Bett wären die zwei sicher schon geschieden. Der alte Koranda ist davon überzeugt, daß diese Sybille jeden besteigt, auf den sie Lust hat und daß sie eine perfekte Geldvernichtungsmaschine ist, aber er hat aufgehört, sich in das Privatleben seines Sohnes einzumischen.

Auf einer Seite der Terrasse sind bunte Luftballons montiert, die von den Fratzen aus einiger Entfernung mit Luftpistolen beschossen werden. Hin und wieder zerplatzt ein Ballon.

Hinter dem Haus vermißt Sybille Koranda mit Marias Hilfe die Holzwände (Breite und Höhe, Abstand der Fenster zu den Ecken etc.) und schreibt sich auf einem kleinen Notizblock eifrig die Maße auf. Sybille will anscheinend die Hütte schon bald übernehmen und plant bereits den Umbau, den sie vornehmen will. Zuerst allerdings muß man noch die Alten aus dem Grundbuch streichen lassen.

„Aber so ein Pensionistenheim hat doch auch Vorteile!" flötet Sybille. „Da ist man nicht einsam, und den ganzen Tag ist immer was los. Der Robert und ich, wir täten euch oft besuchen kommen. Und die Kinder natürlich auch."

„Ich glaub' aber nicht, daß der Heinz mit mir in ein Heim gehen will", sagt Maria leise. „Und außerdem haben wir doch immer noch diese große schöne Wohnung in Wien ..."

„Man muß das realistisch sehen! Die Wohnung ist doch für euch viel zu groß. Da gehört eine Familie mit Kindern hinein. Und dieses Haus am See wird doch von euch überhaupt nicht mehr richtig genützt. Da ist ja schad' drum. Ihr seid ja fast nie da, das verfällt doch alles vor sich hin und gehört längst renoviert."

Die beiden Kinder laufen vorbei.

„Jennifer! Alexander!" schreit Sybille. „Ihr sollts doch nicht da herumlaufen, hab' ich g'sagt. Wenn was passiert, dann schauen wir wieder blöd! Kommts lieber her zur Oma und erzählts ihr von dem Heim, das wir uns letzte Woche ang'schaut haben. War's dort nicht schön? Die Vogerln und die Blumen ..."

Maria will das Thema wechseln: „Wir sollten uns um das Essen kümmern. Es ist schon nach Zwölf."

Auf der anderen Seite der Terrasse stehen Vater und Sohn, Robert hält eine Angel ins Wasser, aber nichts beißt an. Heinz dreht seinen Blindenstock zwischen den Fingern und starrt hinter seinen Brillen ins Nichts.

„Robert! Willst du dein Steak »medium«?" ruft Sybille.

„Nicht medium, ich hätt's gern XXL ...", ruft Robert zurück und grinst, weil er das für einen guten Witz hält: „XXL, nicht schlecht, was?" Der alte Koranda ruft „Mein Steak bitte à la Dracula ..."

Die Kinder kramen in der auf einem Sessel stehenden Handtasche ihrer Mutter herum und finden einen großen Vibrator. Der Bub dreht neugierig den Motor auf, der mächtige weiße Massagestab beginnt zu summen, verwundert schauen die Kinder das seltsame Ding an. Sybille entdeckt aus den Augenwinkeln, was die Kinder gefunden haben, und verliert die Contenance: „Gib das sofort her ... Man greift nicht in fremde Taschen!"

Sie nimmt dem Bub ihr Spielzeug weg, gibt ihm eine Ohrfeige, beginnt zu schimpfen und deutet aufgeregt beim Reden mit dem Massagestab auf die beiden Kinder, als wär' das Plastikstück ein Zeigestab: „Wenn jetzt nicht sofort eine Ruh ist, dann hol' ich das Gewehr ... ein echtes Gewehr! Dann macht's: »Bumm, bumm!« Ich hab' euch in die Welt gesetzt und ich kann euch aber genauso gut wieder aus der Welt hinaus befördern! Habts ihr mich verstanden?"

Die Kinder verstummen und nicken. Sybille grinst Maria an und zuckt entschuldigend mit den Schultern.

„Brauchst du sowas?" fragt Maria und schaut den Massagestab an.

„Auf solche Sachen gibt's wenigstens eine Garantie. Auf einen Mann kriegst du als Frau nie eine Garantie!" Dann steckt sie schnell den Vibrator ein. Maria gibt den Kindern ein paar Geldscheine.

Sybille ermahnt die Kinder: „Und wie sagt man?"

„Danke, Omi."

Sybille steckt das Geld ein: „Die Mama hebts für euch auf." Sie nimmt den Kindern das Geld weg und steckt es ein. „Das kriegts ihr wieder, wenn ihr einmal größer seid. Dann könnts euch was Schönes kaufen, wenns brav seids. Gehts jetzt wieder mit den Luftballons spielen. Die Omi und die Mama müssen was besprechen. In aller Ruhe ... Er hat doch bald Geburtstag.

Wir wollen eine Geburtstagsfeier für den Heinz organisieren. Was meinst? Mit ein paar alten Kollegen von ihm?"

„Das ist eine gute Idee! Da freut sich der alte Trottel sicher."

„Weißt was?" sagt Sybille. „Da treffen wir uns am besten morgen in der Stadt und suchen uns ein Platzerl, wo wir die Geburtstagsfeier machen können. Und bei der Gelegenheit können wir dann auch gleich zu einem Notar gehen, der uns sagt, was man alles tun muß, wenn man so ein Häusl überschreiben lassen möchte, gell Maria?"

Robert wirft schlapp seine Angel aus. Der alte Koranda spielt schlechte Laune: „»Alter Trottel« sagt sie immer zu mir, diese Schlamp'n ... Und eifersüchtig ist sie auch noch. Dabei hätte ich allen Grund, eifersüchtig zu sein. Jede Woche geht sie zum Friseur. Möcht' wissen, für wen sie sich so herricht'. Und die ganze Zeit redet sie davon, daß sie auf Urlaub fahren will. Die wartet nur darauf, daß ich zu ihr sag': »Na, fahr doch, aber ohne mich!« Da kann sie dann den dritten Frühling erleben, Amore, Amore, diese alte Schlamp'n."

„Das ist nur die Einsamkeit", sagt der Sohn. „Vielleicht wäre alles anders, wenn ihr übersiedeln würdets, in ein schönes Seniorenheim. Da sind noch andere alte Leut' ..."

„In ein Heim? Ich soll in ein Heim gehen? Bist du irgendwo ang'rennt? Nur damit du und deine schwindlige Frau mit den Fratzen in unsere Wohnung einziehen könnts. Nicht wahr? Das tät' euch so passen. Und dieses Haus am See gibt's dann noch gratis dazu ..."

Robert fühlt sich ertappt und schaut zu Boden: „Aber nein, Papa."

„In ein Heim! Mit mir nicht! Was soll ich dort machen den ganzen Tag? Amok laufen?"

Sie schweigen, dann legt Koranda seinem Sohn den Arm um die karierte Schulter: „Ich möchte dich um einen kleinen Gefallen bitten. Du hast doch im Ministerium Zugriff auf die Akten der Staatspolizei."

Robert schaut ihn verwundert an: „Nicht auf alle."

„Ich brauch' ja auch nicht alle, sondern nur eine. Schau einmal, ob du einen Akt findest von einem gewissen Hackl, Wolf-Dieter, 90 Jahre alt. Der hat gestern das Goldene Ehrenkreuz bekommen, und ich bin ziemlich sicher, daß es da einen Akt im Ministerium geben muß."

„Jetzt kommts doch endlich essen, ihr zwei!" ruft Maria.

Sie marschieren in Richtung Eßtisch, wo die Kinder neben Maria und Sybille Platz nehmen. Der Tisch ist schön gedeckt.

„Wie stellst du dir das eigentlich vor?" raunt Robert seinem Vater im Gehen zu. „Ich kann nicht einfach einen Akt entwenden? Im Ministerium herrscht im Moment sowieso die totale Paranoia wegen der nächsten Wahlen."

„Du kriegst diesen Akt ja bald wieder z'rück. Ich will ja nur kurz was überprüfen."

„Aber das ist doch alles vertraulich!"

„Ja, ja, ich weiß: »Top secret. Destroy before Reading!« – Ich hab' doch die meisten von diesen Akten damals selber ang'legt ..."

„Aber das geht trotzdem nicht. Ich verliere meinen Posten."

Der alte Koranda schüttelt mißmutig den Kopf und schreit zu Maria: „Maria? Wo bist du? Das kann nicht mein Bub sein. Der ist wie der Huber."

Maria will sich jetzt nicht auf Diskussionen einlassen: „Setz dich her da. Gib jetzt eine Ruh, du alter Trottel! Steaks gibt's ... Hoffentlich kannst du's beißen."

Die Fratzen feixen im Chor: „Alter Trottel, alter Trottel!"

„»Alter Trottel« sagt sie zu mir. Immer sagt sie »Alter Trottel« zu mir, wenn ich die Wahrheit sag' ..."

Sybille verdreht die Augen: „Na, Mahlzeit."

Maria schneidet Korandas Steak in kleine Stücke: „Tu jetzt brav essen und tu dich nicht aufregen."

Koranda will sich verweigern: „Eine Nudelsuppe wär' mir lieber."

Maria beginnt ihn zu füttern: „Ein Stückchen für den KGB, und eins für die CIA ..."

Die restliche Familie starrt. Sie können es nicht fassen.

„Und eines für die Alarmabteilung, und eines für den ÖAMTC ..."

„Ich hätt' lieber eine Nudelsuppe", protestiert der alte Koranda. „Da braucht man nicht soviel beißen." Und dann schaut er in die Runde und freut sich: Die halten ihn wirklich alle für einen alten Trottel und sie wissen nicht, daß er sich immer noch so gut verstellen kann wie früher. In Salzburg hat er einmal einen Amerikaner gespielt, und alle haben es ihm abgenommen. So wie jetzt. Sie nehmen es ihm alle ab, daß er ein alter Trottel ist.

Maria schaut ihn zärtlich von der Seite an und denkt: Mir

kannst du nichts vormachen. Ich durchschaue dich. Ich habe dich immer durchschaut.

An einer Tankstelle in Wien wird derweil das uns bekannte VW Käfer Cabrio von Sarah, Rita und Sue gewaschen. Sie schäumen das Auto ein und spülen es ab, sie polieren mit Tüchern nach. Und Rita erzählt von der letzten Nacht: „Und bei der zweiten Flasche Sekt sagt der Typ zu mir: »Mädl, du hast Charisma!« Und ich sage zu ihm: »Das ist eine Frechheit! Das kann doch gar nicht sein. Ich hab' sicher kein Charisma. Ich war erst vorige Woche beim Arzt, und der hat g'sagt, daß ich völlig gesund bin.«"

Die drei Frauen lachen, doch Sue versteht nicht, wie man das aushalten kann, so einen Job: „Nackt vor diesen Spannern zu tanzen und sich dann von denen auch noch blöd anreden zu lassen. Das ist doch irgendwie die totale Ausbeutung ..."

Rita schüttet den Kopf: „Ach, Sue! Ausbeutung ist es, wenn ich in einer Fabrik arbeite oder wenn ich ... einen Wagen wasche, ohne daß ich dafür einen Groschen Geld kriege. Außerdem habe ich jetzt ein Angebot für einen Film ..."

„Was das für ein Film ist, kann ich mir schon denken", sagt Sarah provokant.

Rita bleibt ernst: „Sarah! Du studierst doch an der Filmakademie. Sag mir eines: Kann man eigentlich von einem Pornofilm reden, wenn gar kein Mann dabei ist, sondern alles nur Frauen sind?"

Sarah starrt sie an, sie ist wie vor den Kopf geschlagen: „Du spielst in einem Lesbenporno mit?"

„Dich kann man ganz leicht auf die Schaufel nehmen", lacht Rita plötzlich laut los und tippt sich mit dem nassen Schwamm an die Schläfe. „Du bist eigentlich auch nicht besser als die Männer bei uns im Club. Du glaubst, weil ich strippe, bin ich blöd und spiel' gleich in jedem Porno mit."

„Es wäre ja nicht das erste Mal", sagt Sarah.

„Das war nicht freiwillig. Ich hab' damals nicht gewußt, daß eine Kamera läuft. Ich hab' diesen Typen echt gern gehabt!"

Sue nickt: „Das hat man auch ganz deutlich geseh'n ... Und was spielst du jetzt?"

„In einem Werbespot. Klopapier ... Aber es ist noch nicht sicher."

„Die wollen deinen Arsch für eine Klopapier-Werbung?"

fragt Sue und setzt sich auf die Stoßstange.

„Warum nicht?"

„Irgendwas mache ich falsch", sagt Sue. „Nicht einmal diesen Wixer aus dem Archiv hab' ich verführen können. Aber alle Welt ist scharf auf Rita ... Sogar dieser David Pospischil hat mich nach Ritas Telefonnummer gefragt."

„Schade, vielleicht wär' genau dieser David mein kleiner Prinz! Knackarsch von und zu Pospischil ..."

„Du hast doch wirklich schon genug Frösche geküßt", sagt Sue zu Rita. Die Sache mit ihrem Vater wird sie ihr nie verzeihen können. Wer weiß? Vielleicht ist sie sogar schuld daran, daß er jetzt so krank ist? Immer fragt er nach Rita, aber Sue will nicht, daß er im Spital von Rita besucht wird, und sie sagt es ihrer Freundin daher nicht, daß ihr Vater im Spital liegt und von ihr besucht werden möchte.

„Alle Männer glauben, daß ich blöd bin", sagt Rita. „Und ich lasse sie in dem Glauben, das ist das Geheimnis meines Erfolgs."

„Du bist verrückt", antwortet Sue. „Total wahnsinnig."

„Ich weiß", sagt Rita und poliert den linken vorderen Kotflügel. „Darum lasse ich mir jetzt ja auch eine Zwangsjacke machen. Nach Maß ... Ich bin nämlich sicher, daß die eines Tages kommen werden, um mich abzuholen – und dann will ich nix von der Stange tragen."

„Ich würde gerne bei dem Koranda als Untermieterin einziehen", sagt Sarah nach einer Weile und klopft die Bodenmatten aus. „Mich einschleichen und ihn heimlich mit der Kamera beobachten. In seiner eigenen Wohnung."

„Und wie stellst du dir das vor?" fragt Sue. „Guten Tag, Herr Koranda, ich brauch' ein Zimmer ..."

„Der tät' schön schauen", lacht Rita.

„Blödsinn", sagt Sarah.

Zwei Tage später öffnet der alte Koranda kurz vor sechs Uhr abends seine Wohnungstüre. Vor der Türe steht die seltsame Sarah, die ihre Videokamera vor dem Gesicht hat: „Guten Tag, Herr Koranda, ich brauch' ein Zimmer ..."

„Das ... ist kein Hotel", brummt Koranda irritiert und dreht den Kopf nach allen Seiten, wie es Blinde manchmal tun.

„Ich weiß", sagt Sarah, „aber ich bin eine arme Studentin von der Filmakademie und ich ..."

„Kommen Sie nächstes Jahr wieder", unterbricht sie der alte Koranda mit einem Lächeln, „dann bin ich vielleicht schon Witwer." Er schließt die Türe mit einem lauten Knall. Sarah läßt ihre Kamera sinken. Irgendwas stimmt mit diesem Mann nicht, denkt sie.

3.

Es ist Nacht. Es ist dunkel. Eine große Gestalt huscht durch die Wohnung der Korandas. Nur die Umrisse sind sichtbar. Ein Einbrecher? Maria, verschlafen und im Schlafrock, hält einen großen Philodendron fest umklammert – wie eine Waffe. Sie nähert sich der Gestalt von hinten und schlägt mit dem Blumenstock zu. Sie schlägt fest zu, so fest, wie sie nur kann, und das tönerne Gefäß zerspringt. Die Gestalt, die getroffen wird und mit einem Schrei zu Boden geht, ist der alte Koranda, der soeben in einen Mantel schlüpfen wollte.

„Au! Verdammt", brüllt Koranda. „Was war das?"

Maria dreht das Licht auf und sieht ihren Mann in der Mitte des Wohnzimmers zwischen Tonscherben auf dem Teppich sitzen. Unter seinem Mantel trägt er einen gestreiften Pyjama und Pantoffel ohne Socken.

„Mein Philodendron", stöhnt Maria.

Koranda rappelt sich hoch und reibt sich den Kopf: „Sag's durch die Blume!"

„Was machst du denn da im Dunklen?"

„Ich brauch' kein Licht. Schon vergessen?"

Maria stellt den beschädigten Blumentopf ab: „Ich hab' geglaubt, Einbrecher sind da. Fast hätt' ich dich mit'm Blumenstock erschlagen."

„Ja, ja, das glaube ich gerne … Damit kommst du aber vor Gericht nicht durch."

„Wenn ich blau trage, dann schon", antwortet Maria schnippisch. „Ich bin wahnsinnig attraktiv, wenn ich blau trage. Die Geschworenen werden beeindruckt sein. Wieso ziehst du dich eigentlich an? Gehst du noch weg?"

„Genau."

„Jetzt? Mitten in der Nacht? Im Pyjama?"

„Ich geh' mit dem Hund Gassi", sagt Koranda, und Maria schickt ihm einen besorgten Blick: „Aber … du hast doch gar keinen Hund!"

„Ein Blinder hat einen Blindenhund. Das weiß doch jedes Kind. Und mit dem Blindenhund geh' ich jetzt Gassi."

Er nimmt seinen Stock und verläßt die Wohnung. Maria schaut ihm nach: „Jetzt ist er schon ganz deppert word'n …"

Heinz Koranda, mit Blindenbrillen und weißem Stock, marschiert zielstrebig durch den nächtlichen Park. Er bemerkt nicht, daß er von Maria verfolgt wird. Sie schleicht ihm nach und versteckt sich immer wieder hinter Bäumen und Büschen. Koranda kommt zu dem Platz, wo das Schachfeld ist, und bleibt kurz stehen. Er schaut und hört sich um, kann aber niemanden entdecken. Maria starrt gebannt. Plötzlich löst sich eine Gestalt aus dem Dunkel und geht auf Koranda zu, es ist eine Frau – eine rundliche Klosterschwester in schwarzer Kleidung, die eine »Machorka«, eine russische Zigarette mit Kartonmundstück, raucht.

Natascha Grusinskaya ist eine gemütlich wirkende Frau mit hellen Augen, einem breiten Lächeln und einem Goldzahn. Sie ist ungefähr im selben Alter wie Maria und blickt lächelnd auf ihre Armbanduhr. In ein paar Metern Entfernung vor Koranda bleibt sie stehen. Die beiden stehen sich wie bei einem Duell gegenüber.

„Mittwoch, nachts. Pünktlich wie die Eisenbahn", sagt Natascha. „Du hast unseren Code also nicht vergessen."

„Natascha?"

„Wer sonst?"

„Du hast geschrieben: »Natascha kommt in den Park der Spione.« – Hättest du geschrieben: »Natascha will im Park spielen«, wäre ich schon am Montag um diese Zeit hier gewesen."

„Du hast es also nicht vergessen."

„Ich habe nichts vergessen. Gar nichts. »Der Läufer« hat noch nie etwas vergessen."

„Komm her, mein Freund. Laß dich umarmen!"

Sie umarmen einander. Maria starrt durch die Dunkelheit und beißt sich in die Faust. Sie sieht, daß Koranda im Schein einer Laterne Natascha auf den Mund küßt.

Dieser Lustgreis, denkt Maria. Der schleicht sich doch tatsächlich mitten in der Nacht im Pyjama von zu Hause weg, um im Park eine andere Frau zu treffen. Im Park! Park der Spione! Wahrscheinlich ist das diese russische Nutte. Na warte, Heinz Koranda, bis du nach Hause kommst. Dann kannst du was erleben. Du würdest dir wünschen, ich hätte dich mit dem Blumenstock erschlagen, du mieser Blindenhund.

Koranda nimmt Natascha beim Arm und zieht ihren Kopf zu seiner Brust: „Ich bin so aufgeregt. Gehen wir ein bißchen spazieren. Sag mir, wie's dir geht ..."

Natascha schaut argwöhnisch auf den weißen Stock und auf

die schwarzen Brillen: „Bist du blind geworden?"

Der alte Koranda nimmt seine Brille ab und schaut Natascha direkt in die Augen. Er lächelt: „Nein, ich bin nicht blind. Das ist nur ... zur Tarnung. So wie deine Klosterschwesterntracht."

„Als Klosterschwester hat man in Westeuropa alle Rechte. Wie lange bist du schon blind?"

„Ich weiß nicht ... ein paar Jahre. Ich wollte der Welt bei ihrem Untergang nicht mehr länger zuschauen. Das hat mich gelangweilt und zugleich zu sehr aufgeregt. Ich muß aufpassen, mein Herz ist nicht mehr jung, und ich darf noch nicht sterben. Mein Arzt baut gerade ein Haus, und seine Frau hat begonnen Reitstunden zu nehmen. Ich darf ihm jetzt nicht wegsterben. Das wäre ein harter finanzieller Schlag für ihn ..."

„Wovon redest du?" fragt Natascha verstört.

„Ich bin in eine Art inneres Exil gegangen", antwortet er nach einer Weile und borgt sich kurz ihre Zigarette aus, um einen Zug davon zu machen. „Ich sehe zwar alles, aber alle Leute glauben, daß ich blind bin. Das ist mein großes Geheimnis, aber vor dir brauche ich heute keine Geheimnisse mehr zu haben."

„Du warst schon immer ein verrückter Kerl."

„Ja, vielleicht ... Es ist schon interessant: Wenn die anderen Leute glauben, daß du blind bist, dann lassen sie dich in Ruhe. Nicht alle, aber die meisten ... Sie gehen dir aus dem Weg und tun so, als ob du nicht da wärst. Sie machen sich selbst unsichtbar, weil sie glauben, daß du sie nicht sehen kannst."

Maria beobachtet verwirrt die Szene: Ihr Mann ist gar nicht blind! Sie will nicht glauben, was sie sieht. Sie meint, ihr Herz würde jeden Augenblick stehen bleiben. Sie will etwas hinausschreien, aber kein Ton kommt über ihre Lippen. Sie wendet sich ab und lehnt sich an einen Baumstamm, sie atmet schwer und wird schwindelig, dann dreht sie sich mit gesammelten Kräften wieder um, sie will ihn jetzt sofort zur Rede stellen und diese russische Nutte auch – doch Koranda und Natascha sind bereits verschwunden. Maria schaut nach links, sie schaut nach rechts, doch sie kann die beiden nirgends entdecken – sie sind wie vom Erdboden verschluckt. Maria läuft davon, so schnell sie kann: Nach Hause jetzt, nur nach Hause ...

„Ist dieses Leben nach deinem Geschmack?" fragt Natascha den alten Koranda, als sie die Linzerstraße überqueren.

„Ganz ehrlich?"

„Ganz ehrlich."

„Ich find's furchtbar", sagt er. „Alle Ideale sind dahin. Es geht nur noch ums Geld. Das einzige, was die Leute heute wollen, ist ein Sechser im Lotto. Man weiß nicht, wofür man sein ganzes Leben lang gekämpft hat. Ich komme mir irgendwie betrogen vor. Vielleicht ist es immer schon einzig und allein ums Geld gegangen, und wir waren bloß nützliche Idioten, die das nicht gesehen haben und noch an was geglaubt haben."

„Was soll ich sagen?" flüstert Natascha nach einer Weile. „Du bist zumindest auf der Seite der Sieger."

„Das ist nicht mein Sieg gewesen, Natascha. Außerdem haben wir alle mit der Zeit vergessen, worum es bei der ganzen Sache eigentlich ging. Wir haben unsere Spielchen gespielt und vergessen, daß es bei dem Spiel um Menschenleben ging."

Natascha hält ein Taxi an.

Die beiden besuchen das »Restaurant Beograd« beim Naschmarkt. Natascha wendet sich an den Kellner: „Bringen Sie uns zwei große Wodka. Aber keinen russischen Wodka!"

Der Kellner nickt und geht ab, räumt an einem anderen Tisch ein paar leere Gläser weg und verschwindet hinter der Bar. Natascha nimmt die klosterschwesterliche Kopfbedeckung ab: „Man kann heute keinen russischen Wodka mehr trinken. Es gibt zu wenige Kartoffel in Rußland, und deswegen destillieren sie Senkgruben statt Kartoffeln. Verstehst du, Heinz? Sie destillieren Scheiße, und dafür bin ich zu alt, ich will keine destillierte Scheiße trinken."

Koranda glaubt's nicht, obwohl's wahr ist: „Das ist ein Witz ..."

Natascha schüttelt traurig den Kopf: „Du würdest Moskau nicht wiedererkennen. Eine höllische Metropole. Wahnsinn ohne Methode. Eine Stadt gibt sich auf. Ein Eldorado für Kriminelle. Für die Zukunft von Moskau gibt es eine utopische und eine realistische Möglichkeit. Die realistische ist: Außerirdische landen morgen auf dem Roten Platz und nehmen die ganze Sache in die Hand. Die utopische Variante ist der Glaube an die Fähigkeiten der russischen Obrigkeit."

Zwölf Millionen Einwohner. 500.000 haben jede Menge Geld und gute Laune und können sich alles kaufen. Die anderen haben kaum noch Hoffnung. In den Vorstädten stehen Hunde und Tierkraftfutter auf den Speiseplänen der Verlierer.

Acht von zehn Russen sind davon überzeugt, daß eine Verbesserung ihrer Lebensumstände nicht von ihnen selbst abhängt. Da glauben sie lieber noch an die Macht der Zauberer und Wunderheiler, die überall, auch im Fernsehen, ihren Senf dazugeben. Im Keller Moskaus, zwischen Wandmalereien und Marmorsäulen, Stuckverzierungen und Kristall-Lustern, fahren die U-Bahn-Züge im Zwei-Minuten-Takt. Millionen Menschen nutzen diese Verkehrsverbindungen. Hier trifft man sich, hier diskutiert man, hier macht man Geschäfte. Auf den Bahnsteigen findet man Händler, die Zeitungen, Theaterkarten und sogar Stalin-Porträts verkaufen. Oder Devisen wechseln. Manchmal werden monatelang weder Löhne noch Renten bezahlt. 100 Billionen Rubel ist der russische Staat seinen Untertanen schuldig. Die Bürokratie verschlingt Millionen, und die Geschäftsleute drücken sich nur zu gerne vor den Abgaben: Die Einnahmen aus Steuergeldern sind lachhaft gering und erreichen nicht einmal die Hälfte der erhofften Summe. Und die Milliarden, die von der Mafia durch Drogen, Huren, Schutzgelder und Schmuggel eingenommen werden, werden ins Ausland gebracht.

„Wir sind Weltmeister im Überleben", sagt Natascha und nimmt Korandas rechte Hand. „Früher, im Kommunismus, war's oftmals schon schlimm genug, aber heute ist das Leben in Moskau die Hölle. Fast an jeder Ecke kannst du eine Kalaschnikow kaufen, sogar ein paar Kisten davon sind wirklich leicht zu organisieren. Besser als die Kalaschnikow ist die neue Nikonow, die ist wirklich sehr gut, auch für weniger ausgebildete Schützen. Sie hat das gleiche Kaliber wie die Kalaschnikow, aber einen viel geringeren Rückstoß und viel weniger Streuung. Alle 30 Schuß aus dem Magazin treffen punktgenau."

Die Sieger des Systems sind Männer ohne Skrupel. In feinem Tuch, mit teuren Armbanduhren und großen Autos. Urlaub machen sie im Sommer am liebsten in Südfrankreich, im Winter an den Stränden der Karibik oder auch in Österreich. Mit Handys, Faxgeräten und Schmiergeldern zementiert die neue Elite untertags ihre Macht. Nachts lassen sie im »Arbat Blues Club«, im »Casino Moscow« oder im »Hermitage Club« die Puppen tanzen. Offiziell gibt's in Moskau zwölf Spielhöllen, die Miliz weiß von mehr als 200 Clubs, in denen die Roulettekugeln rollen und wo die Flasche »Roederer«-Champagner 500 Dollar kostet. Die hübschesten und jüngsten Mädchen aus allen Ländern der ehemaligen Sowjetunion verkaufen sich. Sie sind nach Moskau gezogen und machen alles mit. Die Stadt hat keine Jobs für Kindergärtnerinnen, Lehrerinnen oder für Sekretärinnen. Die Hurerei gilt als »gut Bisness«, und fast jede zweite Studentin träumt vom schnellen Aufstieg zur Puffmutter. Oder von einer horizontalen Karriere in Westeuropa. Und manche Mädels zählen auch schon die Türkei zu Westeuropa. Zehn bis 15 Morde gibt es jeden Tag. Nur jeder zweite Mord wird aufgeklärt. Keiner der 60 Auftragsmorde an Moskauer Bankdirektoren ist jemals vor Gericht verhandelt worden. Und viel zu oft fallen Schüsse, bevor einer vor dem Richter aussagen kann. Fast jeder zweite Kriminelle ist ein Arbeitsloser. Jede fünfte Tat wird im Wodkarausch begangen. Kleine Verbrechen oder Vergewaltigungen werden, wie man in Moskau weiß, gar nicht erst zur Anzeige gebracht.

Die Moskauer Theater, Museen, Galerien und Büchereien, früher die Prestigeobjekte des sozialistischen Staates, sind längst bankrott und werden geschlossen. Für die Erhaltung der Bausubstanz und für die Gehälter der Angestellten ist kein Geld da. Koranda schaut zu Boden.

„Der Kommunismus“, sagt Natascha mit einem bitteren Lächeln, „ist zwar fürs erste einmal beerdigt, aber damit leider auch die Kultur. Vor dem Lenin-Mausoleum auf dem Roten Platz wird heute nicht einmal mehr Ehrenwache gehalten. Der Präsident braucht die Soldaten zu seinem eigenen Schutz im Kreml. Nebenan sind der Weltwährungsfonds und die Zentralen von »Philip Morris«, »Credit Suisse«, »Elf« und »Agip« untergebracht. Das sind die zeitgemäßen Orte der Meditation und der Hoffnung für mein marodes Land. Die Aussicht auf Geld erzeugt in Moskau heute fast religiöse Gefühle. Die meisten kommunistischen Parteimanager haben sich längst mit den neuen Machthabern arrangiert und zählen manchmal sogar selbst dazu. Sie verfügen über die nötigen Kontakte aus früheren Zeiten und sind manchmal im Besitz alter KGB-Akten, mit denen man immer noch Politik machen kann. Wissen ist Macht, und so mancher ist erpreßbar, wenn er in den Akten steht.“

Einige Millionen Menschen haben keine Ahnung, wie es mit ihnen weitergehen soll. Keiner schert sich um sie. Sie glauben nur eines: Früher ist es ihnen besser gegangen.

„Die Anarchie in Moskau“, glaubt Natascha, „könnte eine Gefahr für ganz Europa werden, weil die Kommunisten bei den

Ärmsten der Stadt immer mehr Sympathien gewinnen. Als vor ein paar Jahren im Süden Rußlands eine Cholera-Epidemie ausbrach, da hatten die Ärzte Schwierigkeiten mit ihrer Bekämpfung. Die Krankheit war nach mehr als 80 Jahren in Vergessenheit geraten. Genauso ist Europa heute, nach einer viel kürzeren Zeitspanne, drauf und dran, die Gefahren des Kommunismus zu vergessen."

Der Kellner bringt zwei große Wodka. Koranda und Natascha heben die Gläser, sie schauen einander tief in die Augen, Natascha lächelt, dann stürzen sie gleichzeitig die Brände in sich hinein. Natascha verzieht keine Miene, Koranda schon, er hustet: „Und du bist sicher, daß das keine Scheiße ist?"

Natascha zündet sich eine »Machorka« an: „Früher hat dir das nichts ausgemacht."

„Früher war alles anders."

„Wir waren jung."

„Bist du eigentlich verheiratet, Natascha? Hast du einen Mann?"

Natascha schaut sich nach dem Kellner um: „Ich war. Zweimal ..."

„Kinder?"

Natascha lächelt: „Nein. Es waren erwachsene Männer."

„Warum bist du wieder nach Wien gekommen?"

Natascha ruft dem Kellner zu: „Zwei Wodka!"

„Willst du jetzt in Wien bleiben?"

„Das hast du mich schon einmal gefragt, Heinz. Und meine Antwort ist heute dieselbe: Nein! Damals ging es nicht, und heute geht es auch nicht. Ich bin eine hundertprozentige Russin. Ich kann nur in Rußland leben. Wenn man in Rußland geboren ist – das ist wie ein Fluch. Kein echter Russe kann woanders glücklich werden."

„Also: Warum bist du dann hier? Du bist doch sicher nicht wegen mir nach Wien gekommen."

Natascha schaut ihm lange in die Augen, und er bemerkt die Trauer in ihrem Blick: „Meine Tochter ist hier gestorben, ich mußte sie beerdigen ..."

„Nadja ist tot? Sie ist gestorben? Hier in Wien?"

Natascha nickt: „Sie hat die letzten 30 Jahre in Wien gelebt. Hast du das denn nicht gewußt?"

„Nein. Das habe ich nicht gewußt. Ich habe sie seit ... 1968 oder 69 nicht mehr gesehen."

„Sie hat dich immer sehr gern gehabt."
„Das ist lange her."
„Ja, das stimmt. Ich bin aber auch noch aus einem anderen Grund hier, und du mußt mir dabei helfen."
Koranda ist in Gedanken bei Nadja: „Was soll ich tun?"
Natascha beugt sich über den Tisch und flüstert ihm zu: „Ich will jemanden bestrafen. Und du mußt mir dabei helfen, an diese Person heranzukommen."
„Bestrafen? Was heißt: bestrafen?"
„Erschießen."
Er starrt sie an, dann steht er schnell auf, um wegzugehen.
„Nein, Natascha! Das ist vorbei. Das ist alles vorbei, ich will nichts mehr damit zu tun haben ..."
Schnell verläßt er das »Beograd«, mit Tränen in den Augen und mit Schmerzen in seiner Brust. Nadja hat in Wien gelebt, diese sanfte Frau mit den Grübchen auf den Wangen. Nataschas Tochter, Vater unbekannt. Und wie schön sie Geige spielen konnte ...

Stunden später, in der Wohnung im Morgengrauen, nagelt der alte Koranda, ohne Blindenbrillen, acht Wut-Bärlis an die Wand des Wohnzimmers. Maria hat zwei Reisekoffer gepackt und trägt sie ins Vorzimmer. Sie schaut ihm zu, wie er weiterhin wie besessen einen Bären nach dem anderen an die Wand nagelt.
„Hast du noch was zu sagen, bevor ich gehe?" fragt sie scheinbar kalt, aber er schweigt. Er schweigt und hämmert.
Maria ist dem Weinen nahe: „Spielst du jetzt zur Abwechslung den Stummen? Bist du jetzt stumm statt blind?" Plötzlich schreit sie ihn an: „Ich möchte wissen, wieso du mir das angetan hast! All die Jahre ..."
Koranda hört zu hämmern auf und schaut sie an. Er will etwas als Erklärung sagen, aber nichts fällt ihm ein. Hilflos gestikuliert er mit den Armen. Maria nimmt ihre Koffer: „Heinz! Ich will dich nie wieder sehen ... Vielleicht wirst du ja glücklich mit dieser Natascha."
Maria verläßt schnell die Wohnung. Er hört ihre Schritte auf der Stiege. Koranda nimmt einer der Bären und drückt ihn an sich, als wäre das Spielzeug ein lebendiges Kind. Dann setzt er sich müde nieder und beginnt zu lächeln.

4.

Sarah stellt sich vor: Sie sieht heute aus wie die bunte Zeichnung einer schwarzhaarigen Frau, die sich einsame Fernfahrer auf ihre Lastwagen kleben, und die übertrieben scheinende Weiblichkeit ihres Körper betont sie auch noch durch rote Schuhe mit hohen Absätzen, eng sitzende schwarze kurze Lederhosen und einen knappen gelben Pullover.

Wenn sie an einem freien Tag durch die engen Gassen der Innenstadt schlendert, vor den Auslagen der Modegeschäfte stehen bleibt oder sich am frühen Nachmittag in den sonnigen Schanigarten des »Café Museum« setzt, um eine Melange oder ein Glas Wein zu trinken, dann schenken ihr fast alle Männer aufmerksame Blicke, und es gefällt Sarah, daß sie von so vielen Männern so offensichtlich begehrt wird.

Manchmal stellt sie sich vor, völlig nackt unterwegs zu sein und von fremden Händen berührt zu werden. An manchen Tagen erregt sie diese Vorstellung so sehr, daß sich ihre kleinen Brustwarzen unter ihrem Pulli deutlich sichtbar aufrichten und sie ein starkes heißes Pochen zwischen den Schenkeln spürt. Sarah wird richtig feucht in ihrer Sehnsucht, sich der Begierde fremder Männer auszuliefern. Sie preßt die Schenkel zusammen, schließt für einen Moment die Augen und stellt sich einen muskulösen Mann ohne Gesicht vor, der sich mit Gewalt zwischen ihre Beine drängt und seinen großen harten Penis mit einem einzigen Ruck tief hinein in ihren geilen Schoß schiebt.

Hin und wieder gelingt es ihr sogar, allein durch die Phantasie von einer gewollten Vergewaltigung zum Orgasmus zu kommen.

An so einem Tag geht sie über die alte Brücke und beobachtet zwei Männer aus dem Ausland, die sich auf einem auseinandergefalteten Stadtplan von Wien orientieren wollen und ihre Zeigefinger ratlos umherwandern lassen. Sascha und Mike sind zum ersten Mal in dieser Stadt, sie sind erst vor ein paar Stunden aus dem Flugzeug gestiegen und haben nicht gedacht, daß sie gleich am ersten Tag ihrer Reise einer Frau wie Sarah begegnen würden.

Sarah bietet ihre Hilfe an, sie erklärt den beiden, wie man auf dem kürzesten Weg in die Wiedner Hauptstraße kommen würde, wo das »Hotel Triest« ist, in dem die beiden ein Zimmer gebucht haben, und Sascha fragt die Schönheit in einem erbärmlichen Deutsch, ob sie nicht Lust habe, gemeinsam mit ihnen am Abend im »Kleinen Café« an der Bar einen Drink zu nehmen und anschließend ins »Szell« essen zu gehen. Sascha hat im Reiseführer gelesen, daß das »Kleine Café« auf dem Franziskanerplatz eine gut sortierte Bar und das »Szell« eine ausgezeichnete Küche hätte und daß sich ein Besuch auf alle Fälle lohnen würde.

Sarah ist überrascht, denn normalerweise wird sie von Männern zwar angestarrt, doch die wenigsten trauen sich, sie anzusprechen. Anscheinend haben die meisten Männer zuwenig Selbstvertrauen, um sie anzusprechen, und so sagt Sarah gerne zu, um Acht im »Kleinen Café« zu sein und hinterher mit ihnen ins »Szell« essen zu gehen.

Sie kommt um Neun, und Sascha und Mike wollen gerade gehen, als sie plötzlich neben ihnen steht und einen »Glenfiddich« mit Eis bestellt. Sie hat sich zu Hause umgezogen und trägt jetzt dunkelblaue Stiefeletten, ein dunkelblaues Minikleid und eine schwarze Lederjacke. Sie zeigte ihre langen Beine, und die Gäste an der Bar des »Kleinen Café«, Männer wie Frauen, mustern sie von Kopf bis Fuß.

Sascha und Mike erzählen ihr, daß sie zu Hause Geschichte und Medizin studieren, daß sie sich vor kurzem von ihren Freundinnen getrennt hätten, weil die ihnen untreu gewesen seien, und daß sie hier nun ein paar Tage Urlaub machen wollten, um gemeinsam über ihre Fehler nachzudenken und um die barocke Architektur „sozusagen an Ort und Stelle" zu studieren.

Im »Szell« essen sie florentinische Steaks, dazu trinken sie österreichischen Rotwein, und Sarah flirtet mit beiden, ohne viel von sich selbst zu verraten. Schnell stellt sich jedoch heraus, daß sie sehr viel über die Zeit des Barock weiß und anscheinend Filmemacherin ist.

Mike und Sascha überlegen, während Sarah auf der Toilette ist, wie sie diese Frau ins Bett kriegen könnten und ob sie wohl auch dazu bereit wäre, es mit ihnen beiden gleichzeitig zu treiben.

Zu Hause sind Sascha und Mike mit ihren Freundinnen oft in schummrige Clubs gegangen, in denen sich junge Pärchen treffen und wo es vor den Augen der anderen jeder mit jeder getrieben hat. Eines Tages aber haben sich die beiden Mädchen heimlich mit Männern verabredet, die sie in diesem Club kennengelernt und in die sie sich offenbar verliebt haben, und das ist schließlich auch der Grund dafür gewesen, daß sich Sascha und Mike von den beiden Mädchen nach langen nächtlichen Streitgesprächen getrennt haben.

Sarah kommt von der Toilette und fragt die Männer leise, sodaß man es am Nebentisch nicht hören kann, ob sie nicht Lust hätten, sie nach Hause zu begleiten und noch einen Kaffee auf ihrer Dachterrasse zu trinken. Dort könne man über die Dächer der Stadt schauen und die Sterne am Himmel bewundern.

Es ist eine große Dachterrasse, mit üppig wuchernden Pflanzen und einem kreischenden grauen Papagei in einem Messingkäfig. Und es ist warm auf der Terrasse, man kann hier immer noch die Kraft der Sonne spüren, die den ganzen Tag gestrahlt hat.

Sarah läßt die beiden Männer allein, um in der Küche Kaffee zu machen, und Mike ist davon überzeugt, daß sie sich von ihnen beiden vögeln lassen würde, weil Sarah sie als Abschluß des gemeinsamen Abends sonst wohl kaum in ihre Wohnung eingeladen hätte.

Sascha hingegen ist etwas skeptischer, er hat beim Betreten der nüchtern eingerichteten Wohnung ein gerahmtes Foto an der Wand im Vorzimmer entdeckt, das Sarah in einem weißen Brautkleid mit Schleier und einen Mann im schwarzen Smoking zeigt. Also, so glaubt Sascha, ist sie verheiratet, immer noch verheiratet, denn nach einer Scheidung hätte sie die Fotografie doch sicherlich von der Wand genommen. Sie können nicht wissen, daß das Foto die Szene eines Kurzfilms zeigt, in dem Sarah mitgespielt hat.

Als sie mit einem Lächeln den Kaffee auf einem Tablett serviert, trägt sie einen weißen Mantel aus Seide, der bis zum Boden reicht und vorne offen ist. Man kann ihre runden Brüste und ihr dichtes dunkles Schamhaar sehen. Sascha und Mike wechseln einen Blick, und Sarah reicht ihnen die Kaffeeschalen, in denen dickflüssiger Espresso ist. Der Papagei, in seinem Schlaf gestört, schreit laut und klettert wie verrückt an den Gitterstäben seines Käfigs auf und ab.

Sarah deutet mit einer übertriebenen Geste auf die Sterne am nächtlichen Himmel und sagt, daß die hellsten Sterne dort oben gar keine Sterne seien, sondern bloß Satelliten. Sie lehnt sich mit dem Rücken an die Mauerbrüstung, spreizt leicht ihre

Beine und starrt glücklich zu den Sternen hinauf, versunken in Gedanken.

Sascha steht links von ihr, Mike rechts, und beide sind ihr beim Betrachten des Himmels so nahe, daß sie den süßlichen Geruch wahrnehmen können, der aus Sarahs Schoß aufsteigt.

In vielen Städten könne man die Sterne gar nicht sehen, meint Sarah, weil die Lichter der Stadt das Licht der Sterne auslöschen würden. Wien jedoch hätte einen wundervollen Sternenhimmel, viel schöner als der Sternenhimmel von London oder Paris. Und Mike und Sascha geben ihr achselzuckend recht.

Dann schweigen sie eine Weile, Sarah mit geschlossenen Augen und zusammengepreßten Schenkeln, Sascha und Mike mit gierigen Blicken auf ihre glatte Haut.

Mike berührt sie als erster, er legt vorsichtig seine flache Hand auf ihren Bauch, knapp unterhalb des Nabels, und wartet, wie sie reagieren würde, aber Sarah reagiert überhaupt nicht. Sie steht mit geschlossenen Augen da und scheint zu warten, was die beiden Männer mit ihr anstellen würden. Mikes Hand wandert langsam hinauf zu ihren Brüsten, und Sascha kniet vor ihr nieder und reibt seine Wangen an ihren Schamhaaren. Mit beiden Händen streichelt Mike ihre Brüste, die Schultern und ihren Hals und er beobachtet, wie sich die Spitzen allmählich aufrichten und auf die Sterne zeigen. Sascha nimmt sie bei den Hüften und küßt zärtlich ihre Schenkel, die sich für seine Zunge schließlich ein wenig öffnen.

Sarahs Augen aber bleiben geschlossen, sie läßt sich von Mike küssen und die Zungenspitze in den Mund schieben.

Wenig später liegen sie im Licht Dutzender Kerzen zu dritt nackt auf Sarahs Bett und streicheln und küssen einander, und Sarah ist so naß und erregt, daß Mikes mächtiger Schwanz ohne Widerstand in sie hineingleiten kann. Er kniet zwischen ihren gespreizten Schenkeln, hebt ihren Arsch ein wenig hoch und fickt sie ganz langsam, während sich ihr Mund mit einem Seufzen über Saschas Fleisch stülpt und heftig daran saugt. Sein Schwanz schmeckt ihr.

Sascha legt sich auf den Rücken, und Sarah, mit erhitztem Gesicht, besteigt ihn. Ganz langsam läßt sie sich auf seinem harten Glied nieder, bis es zur Gänze in ihr verschwunden ist, und Mike kniet sich hinter sie, um sie ebenfalls und gleichzeitig zu ficken, doch Sarah ist zu eng, er kann sie nicht auf diese Weise nehmen, also stellt er sich neben das Bett und läßt sie an seinem zuckenden Riemen lutschen, während sie auf seinem Freund reitet.

Er schaut in ihre Augen und hat keine Kraft mehr, sich länger zurückzuhalten, er läßt seinen Samen in ihre Mundhöhle fließen, worauf sie schnell ihren Kopf zurückzieht, seinen sterbenden Schwanz in die linke Hand nimmt wie einen Pinsel und die Reste seiner glitzernden Spende auf ihren Brüsten verteilt. Mit der rechten massiert sie sich dabei selbst, bis sie mit einem unterdrückten Schrei kommt. Sascha spürt das Zucken ihres Schoßes, er krallt seine Finger fest in ihre Hüften, zieht sie ganz an sich heran und ...

Sascha und Mike, oder wie auch immer die beiden Touristen heißen mögen, stehen immer noch auf der alten Brücke und starren ratlos auf den Stadtplan von Wien. Sarah überlegt, ob sie sie ansprechen solle, doch dann beschließt sie, sich eine Enttäuschung zu ersparen und weiterzugehen. Sie weiß, daß sie häßlich ist, nicht häßlicher als jede andere häßliche Frau in dieser Stadt, aber häßlicher als Rita und Sue auf jeden Fall. Sie hat viel zu kurze Beine, viel zu kleine Brüste und einen viel zu großen Arsch. Keiner der Männer, denen sie auf der Straße begegnet, beachtet sie. Und keiner der Männer interessiert sich für ihre reichen Phantasien.

Zu Hause, auf dem kleinen Balkon, füttert sie den grauen Papagei und schaut auf die fensterlose Wand des gegenüberliegenden Hauses. Sie denkt darüber nach, wie sie diese fremden Männer gerne verführt hätte. Der Papagei frißt ihr aus der Hand und schreit zwischendurch immer wieder: „Sarah! Bella Sarah!"

Sie hat vier Wochen gebraucht, bis sich der dumme Vogel endlich den Text richtig gemerkt hat.

„Sarah! Bella Sarah!"

Nur mit der Kamera vor ihrem Gesicht fühlt sie sich stark und wirklich sicher. Hinter ihrer Kamera kann sie sich verstecken.

Der alte Koranda hat seinen 70. Geburtstag und will sich diesen Tag nicht durch die Ereignisse verderben lassen. Seine Maria hat ihn verlassen, diese alte Schlampe, und er fühlt sich frei. Außerdem hat er beschlossen, sich von dieser verrückten Russin in keine Geschichten verwickeln zu lassen und im übrigen seine Tarnung als Blinder auch weiterhin beizubehalten. Es ärgert ihn, daß er für Natascha im Park seine Brillen abgenommen hat, das ist sie nicht wert gewesen, doch immerhin hat das auch sein Gutes, denn die alte Schachtel, die ihn heimlich beobachtet hat, ist endlich fortgegangen aus seinem Leben. Koranda wird Geburtstag feiern, und nichts wird ihn daran hindern, denkt er, als er seine Wohnung verläßt.

Unten, vor dem Haus, naht die Gefahr in Gestalt des Kukkuckseis in Begleitung der blonden Schwätzerin und ihrer Brut. Robert und Sybille Koranda, mit Jennifer und Alexander, steigen aus einem Taxi. Zu einer Feier kann man nicht mit dem eigenen Auto fahren, glaubt Robert, denn auf einer Feier wird Alkohol getrunken, und Menschen, die sich betrunken ans Steuer setzen, sind eine große Gefahr für die öffentliche Sicherheit. Deshalb hat er das Auto stehen lassen und ein Taxi gerufen, um zu seinem Vater zu fahren.

Sie sind festlich angezogen, fast zu festlich, denn sie haben auf Karos und auf Lack und Leder verzichtet. Sie eilen mit entschlossenen Gesichtern auf den Eingang des Hauses zu. Kurz bevor sie es erreichen, kommt Heinz Koranda, mit Brille und Blindenstock, aus der Tür und entdeckt die nahende Familie.

„Wir sind schon da", sagt Robert, und es klingt so, als sollte sein Vater deswegen glücklich sein.

„Ah, das Erschießungskommando", antwortet Koranda mit einem Grinsen. Das Erscheinen des Großvaters ist für die Kinder das mit den Eltern verabredete Zeichen: Sie beginnen plötzlich laut und falsch im Duett zu singen: „Happy birthday to you, happy birthday to you, happy birthday ... dear Opa, happy birthday to you!"

Koranda steht da, leicht schwankend, und hört tapfer zu. Dann nickt er zufrieden und schraubt eine Art Verschluß von seinem Blindenstock ab, er führt den Stock zum Mund und trinkt daraus in großen Schlucken. Alle schauen ihn verwundert an, das hat ihn noch keiner tun sehen.

„Wo ist die Mama?" will Robert wissen, doch sein Vater gibt ihm keine Antwort. Er schraubt den Stock wieder zu und rülpst. Die zwei Fratzen lachen.

„Wie der Hofrat Huber ...", sagt Koranda. „Hast du mir den Akt von diesem Hackl schon ausheben lassen? Oder ist das wieder einmal nicht gegangen?"

Robert schaut ihn unsicher an. Die Fratzen beginnen wieder

zu singen: „Happy birthday to you, happy birthday to you, happy birthday … dear Opa, happy birthday to you!"

Koranda hält sich die Ohren zu und schreit über die Köpfe der Familie sehr laut in die Gegend: „Hilfe! Hat hier irgend jemand ein Betäubungsgewehr?

Sybille brüllt ihre Kinder an: „Kusch jetzt!" Die Kinder erschrecken und verstummen.

„Wo ist die Mama?" fragt Robert wieder. „Sie hat uns vorhin zu Hause angerufen und lauter wirres Zeug geredet. Ich hab' überhaupt nix verstanden."

„Die Mama? Die alte Schlampe hat mich verlassen. Sie hat ihre Koffer gepackt und hat mich verlassen … endlich! Leider hat sie alles mitgenommen, das ganze Geld, den Schmuck, die Sparbücher, einfach alles, aber das war ja auch nicht anders zu erwarten."

„Aber wohin ist sie gegangen?"

„Was weiß ich? Vielleicht zum Friseur? Oder zum schiefen Turm von Pizza …" Er beginnt zu lachen und geht weg, hin zur Straße, wo ein Fiaker auf ihn wartet. „Ich bin jedenfalls froh, daß ich die Schlampe los bin", sagt er fröhlich. „Das ist das schönste Geschenk, das sie mir zum Siebzigsten machen hat können. Und Ihr könnts jetzt wieder alle nach Haus' gehen. Abmarsch!"

Robert und Sybille schauen einander ratlos an.

„Mami? Was ist eine Schlampe?" fragt der kleine Alexander.

„Sei still, Alex! Sowas sagt man nicht."

„Bist du auch eine Schlampe, Mami?"

Sybille gibt ihm eine Ohrfeige, Alexander läuft weinend davon. Koranda fuchtelt mit seinem Stock herum und steigt in den Fiaker: „In den »Casanova«-Club. Aber ohne Umwege. Ich hab' einen sechsten Sinn hinter meinem zweiten Gesicht."

Koranda und seine ehemaligen Kollegen von der Staatspolizei haben sich im »Casanova« versammelt: Da sind Binder, Swoboda, Wagner, Müller und Ross. Sie haben sich nicht extra fein gemacht für Korandas Geburtstagsfeier, sie tragen dieselbe Kleidung wie beim Schach im Park und sitzen in einer Gruppe beisammen. Die Herren sind schon ein wenig illuminiert, das Metallgestell für die Infusionen von Müller steht neben dem Tisch.

Ein Kellner bringt neue Getränke: „Es ist schön, wenn man

sieht, daß die Helden von der österreichischen Staatspolizei auch einmal was zum Feiern haben."

„Ein Land, das Helden braucht, ist ein trauriges Land", murrt Binder. Müller macht wie selbstverständlich einen tiefen Zug von einem Joint, er raucht gefechtsmäßig und hält die Spitze mit der Glut in Richtung seiner Handfläche, dann gibt er den Joint an Swoboda weiter: „Willst du probieren? Not bad, not bad … good grass."

Der Kellner zieht sich schnell zurück. Swoboda raucht kurz und zieht dabei die Aufmerksamkeit von Wagner auf sich, der neben ihm sitzt: „Das darf doch nicht wahr sein!"

„Im Radio haben sie g'sagt, das ist gut für alte Leut'", sagt Swoboda und kifft weiter. „Keine Depressionen, keine Gelenksschmerzen."

„Dann gib her!" fordert Wagner. Wagner nimmt ihm den Joint weg und macht einen tiefen Zug. Binder hebt sein Glas, er registriert den Joint nicht – ebensowenig wie Koranda. Binder prostet Koranda zu, den er trotz aller Meinungsverschiedenheiten immer respektiert hat: „Also dann noch einmal: Prost, Läufer! Alles Gute zum Siebziger! Du warst immer unser bester Mann."

Auch die anderen heben jetzt ihre Gläser. Müller, Swoboda und Wagner sind bester Laune und lachen.

Koranda prostet zurück: „Ja, ja, ist schon gut. Das Älterwerden ist keine Leistung. Alt wird man von selber, ein alter Trottel."

Sie nicken zustimmend und trinken, als gäbe es kein Morgen.

Binder deutet auf Ross: „Unser amerikanische Freund hat eine kleine musikalische Überraschung vorbereitet."

Ross macht knackende Fingerspiele in der Luft: „Ich hoffe, es wird nicht allzu peinlich … Die Gicht, die Gicht."

Ross steht auf und geht zu einem Klavier. Müller, Swoboda und Wagner flüstern einander etwas zu, dann kichern sie. Ross beginnt, Klavier zu spielen und singt die faszinierende englischsprachige Version des alten Wienerlieds vom stillen Zecher: »I'm a quiet drinker« von Hermann Leopoldi. Die pensionierten Polizisten kennen das Lied, sie freuen sich darüber, es nach langer Zeit wieder einmal zu hören, den Refrain singen alle mit. Die anderen Gäste sind von diesem Song ebenfalls fasziniert.

„I'm a quiet drinker ..."

Auch auf der Straße vor dem »Casanova« können Passanten gedämpft den fröhlichen Chor der Staatspolizisten hören, dem sich mittlerweile auch andere Gäste im Lokal gerne angeschlossen haben.

„I'm a quiet drinker ..."

Und so werden aus den stillen Zechern lautstarke Trinker, die sich zwischendurch so manchen Joint gönnen und erst um drei Uhr früh nach Hause gehen.

Am nächsten Tag finden sie sich alle in einem großzügigen Raum mit wertvollen Möbeln wieder. Tropische Fische gleiten durch ein Aquarium, und an den Wänden hängen ein paar Plakate vom »Roten Kreuz«. Koranda, Müller, Swoboda, Ross und Binder sitzen wie aufgefädelt in einer Reihe, mit dem Rücken zur Wand. Koranda schaut ins Nichts, Müller schaut nachdenklich auf ein Glas mit Schraubverschluß, in dem er seinen Morgenharn mitgebracht hat, Swoboda schaut in eine deutsche Illustrierte, Ross schaut sich in einen kleinen Spiegel und streckt die Zunge heraus, Binder schaut wirklich kläglich aus, er hat ein Fieberthermometer im Mund und schläft in seinem Rollstuhl.

Dann geht eine große Mahagonitür auf, und Wagner kommt aus dem Arztzimmer. Hinter ihm erscheint eine weibliche Sprechstundenhilfe in Weiß: „Der Nächste, bitte!"

Müller umklammert fest seine Harnprobe, steht auf und schlurft ins Arztzimmer, die Sprechstundenhilfe schließt hinter ihm und dem Metallgestell die Türe. Wagner setzt sich auf den Stuhl, auf dem Müller gesessen ist.

„Na, was hat er g'sagt, der Herr Doktor", will Swoboda von ihm wissen, aber Wagner zuckt nur mit den Schultern und verdreht die Augen: „Das, was er seit 25 Jahren sagt, der Herr Doktor: Leberwerte, daß einer Sau graust!"

„Das ist kein Wunder", lacht Swoboda, und Koranda, der soeben aus einer anderen Dimension zurückgekehrt zu sein scheint, schüttelt den Kopf und sagt: „Ich kann nicht verstehen, daß sie dem Wolf-Dieter Hackl das Goldene Ehrenkreuz der Republik Österreich verliehen haben. Das ist doch ein schlechter Witz! Hat vielleicht einer von uns ein Goldenes Ehrenkreuz? Nein! Aber der Hackl hat eins ..."

„Der Hackl?" fragt Wagner. „Ich hab' geglaubt, dieser alte

Nazi ist schon lang tot.“

Swoboda ärgert sich: „Ja, ich auch, aber in Wahrheit hat der völlig ruhig dahingelebt und eine kleine Privatschule im Salzkammergut gehabt, wo die ganzen alten Nazis aus Südamerika ihre Söhne und Töchter hingeschickt haben. Damit aus dem Material anständige Deutsche werden ...“

Ross steht auf, geht zum Aquarium und beobachtet die Fische aus der Nähe. Die anderen sehen sein Gesicht hinter den Fischen.

„Der Hackl war doch ein Haberer vom Hitler“, erinnert sich jetzt Wagner, und Swoboda nickt: „Und was für einer! Der hat gemeinsam mit dem Kaltenbrunner die GESTAPO gegründet und war der beste Freund vom Eichmann. Der hätte eine Kugel verdient – und nicht das Goldene Verdienstkreuz.“

„Dieser Hackl ist aber ein besonderer Nazi“, kommt es aus dem Aquarium. „Der hat sich 1944 mit dem amerikanischen Geheimdienst in der Schweiz getroffen und angeboten, nach Hitlers Niederlage eine antikommunistische Gruppe in Österreich zu organisieren.“

„Und genau das hat dieser Mensch dann auch gemacht“, sagt Wagner, „wir haben zuschauen müssen, wie die alten Nazis nach dem Krieg auf einmal der österreichischen Polizei Befehle gegeben haben. Wir haben denen gehorchen müssen.“

„Die Nazis waren halt sehr verläßliche Antikommunisten“, grinst Ross, und Koranda sagt leise, wie zu sich selbst: „Unsere Regierung hat ja erst vor ein paar Jahren die ganzen alten Waffenlager ausgegraben, die der Hackl damals angelegt hat.“

Binder wird mit einem Ruck, offenbar nach einem Traum, wach: „Ich glaub’, daß der Elvis immer noch lebt.“

„Das ist gar keine Frage“, schmunzelt Ross. „Elvis Presley lebt! Gemeinsam mit ein paar Außerirdischen haben wir ihn auf einer geheimen CIA-Farm in Nevada untergebracht. Aber wir werden sie am nächsten Independence Day alle auf den elektrischen Stuhl setzen und alle der Reihe nach hinrichten. Zuerst die Außerirdischen und dann den King.“

Binder fährt mit seinem Rollstuhl zum Aquarium und gibt ein nüchternes Statement ab: „Ich bin gegen die Todesstrafe. Das ist mir zu unsicher ...“

„Zu unsicher? Wieso denn das?“ will Swoboda wissen.

„Immerhin gibt’s doch die Möglichkeit der Wiedergeburt“, schmunzelt Binder.

„Wenn nicht die Juden, sondern die Amerikaner Jesus Christus erwischt hätten, dann wäre er nicht gekreuzigt worden", sagt Koranda. „Die Amis hätten ihn sicher auf den elektrischen Stuhl gesetzt."

„Genau", meint Swoboda. „Und wir würden heute keine Kreuze um den Hals tragen, sondern kleine goldene elektrische Stühle."

Die Mahagonitür geht auf, und die Sprechstundenhilfe erscheint: „Der Nächste, bitte ..."

5.

Der alte Koranda sitzt in seinem Fauteuil und liest in einem Akt, auf dessen Deckel »Hackl, Wolf-Dieter« steht. Korandas Gesicht ist voll mit weißem Rasierschaum, ein Vollbart aus Schaum, auf den er längst vergessen hat. Geistesabwesend löffelt er aus einem großen geblümten Porzellanteller Nudelsuppe, verzieht dabei aber angewidert das Gesicht und läßt den Löffel achtlos in die Suppe fallen. Er weiß nicht, was ihn mehr anwidert: die Suppe oder das, was in diesem Akt über den alten Nazi drinnen steht. Später nimmt er eine Ansichtskarte aus Wien vom Tisch, die das Riesenrad zeigt und die er heute früh mit der Post bekommen hat, er schaut kurz auf den Text, den Natascha auf die Rückseite geschrieben hat (»Natascha will im Park spielen!«) und legt die Karte in Hackls Akt, wo auch schon die Ansichtskarte aus Moskau liegt. Schließlich legt er den Akt weg, nimmt einen großen Wut-Bären und schleudert ihn an die Wand. Natascha könnte mich doch einfach anrufen, denkt er, die Zeiten sind vorbei, in denen man verschlüsselte Botschaften geschickt hat. Koranda kratzt sich am Kinn und bemerkt den Rasierschaum auf seiner Hand. Er schaut den Schaum an wie ein Ding aus einer anderen Welt.

„Gut“, sagt er, „ich werde mich rasieren und dann werde ich ein bißchen mit Natascha spielen.“

Heinz Koranda, ohne seine dunkle Brille, aber mit dem weißen Stock, und Natascha Grusinskaya stehen auf der Terrasse der kleinen Hütte im Neusiedlersee. Natascha ist diesmal ohne Klosterschwestern-Tracht erschienen, sie trägt ein grünes Kostüm und deutet auf eine Ecke der Terrasse, bevor sie sich lächelnd an Koranda wendet: „Genau hier war es. Erinnerst du dich? Wir waren beide nackt und haben uns zum ersten Mal geliebt. Du hast meine Brüste gestreichelt, und ich habe dir verraten, daß ich für den KGB arbeite.“

„Du irrst dich, Natascha. Wir haben uns niemals hier geliebt. Wir waren jedes Mal im »Hotel Imperial«, du hast jedes Mal zuviel Wodka getrunken und hast mir verschiedene Geheimnisse verraten, zum Beispiel welche Polizisten vom Kommissariat Wien-Favoriten für die Sowjets tätig waren. Wir waren immer im »Hotel Imperial« ...“

„Im »Hotel Imperial« waren wir auch, das stimmt, aber ich

habe dir nichts verraten, was du nicht schon vorher wußtest. Aber hier auf der Terrasse, genau da, ist es zum ersten Mal geschehen. Das war 1963, das Jahr, in dem sie John F. Kennedy ermordet haben, und du warst ein wundervoller Liebhaber."

„1963 hab' ich diese Hütte noch gar nicht gehabt, die hat damals noch ... meinem damaligen Chef, dem Huber, gehört. Ich hab' sie erst 1965 gekauft ..." Plötzlich hat er einen Verdacht und kann es nicht glauben: „Du hast es mit dem Huber getrieben? Mit dem depperten Huber? Hier in dieser Hütte? Du warst seine Geliebte?"

Natascha erkennt jetzt ihren Irrtum. „Der Huber, ja, ja!" stottert sie. „Der Hofrat Huber, stimmt. Aber das war ein Befehl aus Moskau, Heinz. Es hat nichts bedeutet. Ich mußte es tun."

Koranda nimmt einen großen Schluck aus seinem Blindenstock, dann bietet er den Stock Natascha an. Natascha ist überrascht über den merkwürdigen Behälter, trinkt aber jetzt gerne einen Schluck daraus.

„Der Huber hat sich immer die Rosinen aus dem Kuchen gepickt", sagt der alte Koranda nach einer Weile. „Eine Zeitlang hab' ich sogar geglaubt, daß der mit meiner Maria was hat, aber das hätte er sich doch nie getraut."

Natascha will vom Thema »Huber« weg: „Manches ändert sich eben nie. Du trinkst immer noch Sliwowitz."

„Der Wodka hat mir nie geschmeckt! Auch deshalb hätt' ich nie zu euch überlaufen können ... Was willst du eigentlich? Deine Tochter ist tot und beerdigt. Warum fährst du nicht zurück nach Moskau und genießt das Leben?"

„Du weißt: Ich habe hier einen Auftrag auszuführen."

„Was soll das heißen?" fragt Koranda und denkt: Wir führen keine Aufträge mehr aus. Wir sind Pensionisten.

„Diesen Auftrag habe ich mir selbst gegeben", erklärt Natascha und schmiegt sich an ihn. Das hat sie immer schon sehr gut gekonnt. „Damals hab' ich es nicht tun können. Die Genossen in Moskau haben gesagt, ich soll mich von diesem Herrn Hackl fernhalten. Sie wollten in Österreich keinen Konflikt mit den Amerikanern haben. Sie haben gesagt: »Natascha, Genossin, sei vernünftig! Dieser Nazi steht unter dem Schutz der USA. Wir haben wichtigere Dinge zu erledigen ...«"

Koranda wird unruhig und bläht seine Wangen auf: „Ich hab's gewußt. Du bist wegen dem Hackl nach Wien gekommen. Ich hab's geahnt."

„Nein, Heinz. Ich bin nach Wien gekommen, weil meine arme Nadja gestorben ist, meine einzige Tochter. Und weil hier dieser betrunkene Lastwagenfahrer … Nur deshalb. Erst als ich hier war, habe ich erfahren, daß dieser Hackl noch lebt und daß er von deinem Land sogar ausgezeichnet worden ist. Mit einem goldenen Orden!"

„Ja, ich weiß auch nicht, warum sie das getan haben."

„Dieses Schwein wird sterben, und du mußt mir dabei helfen", sagt Natascha ruhig. „Eine Russin läßt der sicher nicht in sein Haus. Einen alten Stapo-Mann aber schon. Den Rest erledige ich."

„Du weißt ja nicht, was du da redest."

Natascha schreit ihn plötzlich an und stößt ihn dabei heftig von sich weg, fast wäre Koranda gestürzt: „Ich weiß ganz genau, was ich rede! Ganz genau weiß ich das! Dieser Hackl hat meine Familie umgebracht. Erschossen!"

Erst nach zwei »Machorkas« erzählt Natascha ihre Geschichte weiter: „Ich war ein Kind und habe mich in unserem Haus im Ofen versteckt und dabei zuschauen müssen, wie der Hackl seine Luger gezogen hat und damit einen nach dem anderen erschossen hat: Meine Mutter, meinen Vater, meine kleine Schwester, meine zwei Brüder. Alle. Das war am 12. Februar 1944 … in Tscherkassy."

Koranda schließt die Augen. „Das tut mir leid, das hab' ich nicht gewußt."

„Es gibt vieles, was du nicht weißt. Ich werde ihn töten", sagt Natascha leise, „und wenn's das letzte ist, was ich in meinem Leben mache."

„Ich kann dir nicht dabei helfen", antwortet Koranda.

Rita, Sue und Sarah stehen vor Korandas Wohnungstür. Sarah hält ihre Videokamera vors Gesicht. Koranda hat geöffnet und spielt den blinden Mann: „Hat Sie meine Frau geschickt?"

„Nein", antwortet Sarah schnell. „Ihre Frau ist doch weg, hab' ich vom Hausmeister gehört. Sie sind jetzt ganz allein in dieser großen Wohnung, und wir sind drei arme Musketiere."

„Studentinnen …", ergänzt Rita, doch Koranda bleibt unwirsch. „Können Sie eine richtige Nudelsuppe kochen? Nicht so einen faden Dreck aus'm Sackl … sondern eine richtige Nudelsuppe?"

Das ist das Stichwort für Sue: „Eine Nudelsuppe ist ein kleines Kunstwerk. Ich kann das. Meine Mutter hat's mir beigebracht."

„Dann kommen Sie herein", sagt Koranda und geht ihnen voraus. Rita, Sue und Sarah folgen ihm in die Wohnung. Die Türe wird von Sue geschlossen. Die drei Frauen kommen hinter Koranda ins Wohnzimmer und schauen sich neugierig um. Verwundert starren sie die Wut-Bärlis an.

„Haben Sie diese große Wohnung gemeinsam mit ihrer Frau eingerichtet?" fragt Sarah und filmt ihn dabei. Er läßt sich nicht anmerken, daß er nicht blind ist: „Ja, ja, wir haben fast alles selbst gemacht."

Er legt sich einen schweren imaginären Baumstamm auf die rechte Schulter und geht mit schwerem Schritt eine kleine Runde. Dabei summt er die ersten Töne aus dem »Lied der Wolga-Schlepper«.

Im Park der Spione stehen Wagner, Swoboda, Müller und Ross neben den großen Schachfiguren und versuchen krampfhaft, ernst zu bleiben. Koranda und Binder fehlen. Die vier Männer ringen mit der Situation, sie wollen am liebsten laut losprusten, aber sie unterdrücken es und kämpfen um ernste Mienen. Ein junger Polizist in Uniform geht langsam vorbei und beäugt die alten Männer mißtrauisch. Er überlegt, ob sie ihn auslachen wollen.

„Tun Sie hier Schachspielen?" fragt er in lautem Amtston, und Müller kann sich nicht mehr halten und lacht laut los: „Nein. Wir tun hier nicht Schachspielen." Das Metallgestell scheppert bedrohlich.

Auch Wagner, Swoboda und Ross beginnen jetzt zu kichern, dann laut zu lachen. Der junge Polizist macht, daß er davonkommt. Er weiß nicht, was hier los ist – und er will es auch nicht wissen. Die Alten sind ihm irgendwie unheimlich. Im Davongehen dreht er sich noch ein-, zweimal nach ihnen um. Die Viererbande zerkugelt sich fast vor Lachen. Dann holen sie alle vier die rauchenden Joints hervor, die sie in ihren Fäusten hinter dem Rücken vor dem Polizisten verborgen gehalten haben. Ross nimmt einen tiefen Zug und sagt zu Wagner: „Nein, Herr Inspektor. Wir tun hier nicht Schachspielen. Wir tun Haschischrauchen."

Sie kichern wieder wie die Kinder.

Überall stehen große Kartons, in denen das Umzugsgut von Rita, Sue und Sarah verpackt ist. In einer Ecke steht der Käfig mit dem Papagei, der fanatisch vor sich hinkreischt: „Sarah, bella Sarah!“

Die drei jungen Frauen gehen, nur mit ihren Slips bekleidet, völlig ungeniert vor dem blinden Mann auf und ab und ordnen ihre Sachen. Es ist ein ständiges Hin und her. Der alte Koranda sitzt still in einer Ecke, spielt mit seinem Blindenstock und schmunzelt kaum merklich vor sich hin.

„Rita, hast du meine Pullis gesehen?“ fragt Sarah.

„Die habe ich in die Waschmaschine getan“, antwortet Rita, und Koranda überlegt, wann er zum letzten Mal so wundervolles junges Weiberfleisch gesehen hat.

„Wo ist die Waschmaschine?“ fragt Sarah.

„Im Badezimmer. Wo sonst?“ murrt Koranda.

„Kann ich meine Bücher einstweilen auf dein Bett legen, Sue?“ ruft Sarah, und Sue antwortet: „Welches ist mein Bett?“

Rita kommt mit einem Karton und beginnt, 50 kleine Kakteen aus dem Karton zu nehmen und auf einer schmalen Kommode im Wohnzimmer liebevoll aufzubauen. Es sind sehr phallische Kakteen, 20 bis 25 Zentimeter hoch, sie stehen in winzigen Plastiktöpfen, die mit männlichen Vornamen beschriftet sind.

„Was wird das, Rita, wenn's fertig ist?“ fragt Sue.

Rita lacht: „Das? Das sind alle meine Männer. Verstehst du, Sue? Jeder Mann ein Kaktus.“

Sie nimmt einen Kaktus zwischen Daumen und Zeigefinger ihrer rechten Hand und streicht sorgfältig darüber, Sie schließt genießerisch die Augen: „Das zum Beispiel ist … Hans.“

Rita schaut auf das Namensschild, richtig: Hans!

Sarah ist ahnungslos: „Wer ist Hans?“

Rita sagt zu Sue, mit einem kecken Blick auf die Kakteen: „Wennst willst, kann ich dir deinen Papa raussuchen …“

Sue läßt sich erschöpft neben Koranda auf einen Sessel fallen und übergeht Ritas Bosheit. Zu Koranda sagt sie: „Heute abend gibt's eine richtige Nudelsuppe, Herr Koranda. Soup à la Sue …“

Koranda nickt und schielt auf Sues Brüste.

In der Nacht schleicht er durch die Wohnung und nähert sich den drei schlafenden jungen Frauen, die vom Bettzeug nicht völlig bedeckt sind. Er bestaunt ihre Jugend … bei Rita angekommen, beugt er sich ganz vorsichtig über sie und nähert sich mit seinem Gesicht langsam ihrem Kopf, ihrem Hals, ganz vorsichtig berührt er mit seiner Nasenspitze ihr Haar und saugt den Duft in sich ein. Dann wendet er sich schnell wieder ab und verläßt das Zimmer.

Sarah schlägt die Augen auf und verfolgt ihn mit ihrem Blick.

„Was hat er getan?“ flüstert Sue, die ebenfalls wach ist.

„Er hat Rita beschnüffelt“, antwortet Sarah.

„Striptease für einen Blinden“, sagt Sue.

„Ich bin wirklich froh, daß Ihr mir bei dieser Geschichte helft“, sagt Sarah zu Sue, „und daß ich mit euch darüber reden kann.“

„Ich find's irgendwie spannend“, sagt Sue, „und Rita ist sicher froh, wenn sie nicht alleine sein muß.“

„Gute Nacht.“

„Ja, gute Nacht.“

Koranda schleicht ins Wohnzimmer, wo Sarah ihre Videogeräte aufgebaut hat, die Kamera hängt mit einem Kabel am Fernsehapparat. Koranda schaltet ein, und der Bildschirm zeigt die Szene beim Postamt, in der Koranda den Räuber zur Strecke bringt. Koranda sitzt vor dem Fernsehapparat und schaut verwundert auf die Bilder, die ihn zeigen. Auf einmal kommt Maria groß ins Bild. Koranda drückt auf die Pause-Taste und hält das Bild an. Er schaut Marias Gesicht an und leidet. Das hätte er nie für möglich gehalten: Sie fehlt ihm.

Wo kann sie nur sein? Bei Robert und Sybille hat sie sich nicht verkrochen, das steht fest. Vielleicht ist sie zu ihrer Schwester nach Dortmund gefahren? Er könnte die Schwester natürlich anrufen, aber das verbietet ihm sein Stolz. Außerdem hat er jetzt drei junge Frauen in seiner Wohnung, die ihn für blind halten und die offensichtlich nicht ganz bei Trost sind, aber es macht ihm Spaß, diese jungen Seelen in der Nähe zu haben. Auch Maria wird hoffentlich über kurz oder lang Sehnsucht nach ihm bekommen, das weiß er, das hofft er, und sie hat weniger Stolz als er, die Frauen haben immer weniger Stolz als die Männer. Also wird sie ihn anrufen, wenn sie Sehnsucht hat, da ist er sicher. Oder sie wird ihn auch nicht anrufen, weil sie das ganze Geld mit einem Liebhaber durchbringt, diese alte

Schlampe. Vielleicht mit ihrem Friseur?

Rita und Knackarsch Pospischil sind am nächsten Vormittag alleine in der Wohnung. Sue ist schon in der Redaktion, Sarah ist ohne ein Wort fortgegangen, und der alte Koranda will sich das Friseurgeschäft, in dem Maria so oft gewesen ist, einmal aus der Nähe ansehen.

„Wann kommt denn die Sue?" fragt David, obwohl er es gar nicht so genau wissen will. Er fühlt sich wohl in Ritas Nähe, es erregt ihn, mit ihr alleine zu sein. Sue ist sehr warmherzig, eine liebe Frau, die ihm gut gefällt, aber Rita ist heiß. Rita ist eine dieser Frauen, über die Davids Freunde sagen, daß sie nur gut fürs Bett sind. Und es ist gut, wenn man eine fürs Herz und eine fürs Bett hat.

„Keine Ahnung, wann sie kommt", antwortet Rita.

Zwischen David und Rita herrscht eine erotische Spannung, die sich jeden Moment entladen kann. Rita schaut in einen Spiegel, der an der Wand hängt, und redet David an, ohne sich umzudrehen: „Was müßte man an mir unbedingt ändern?"

„Nix ..."

Rita dreht sich zu ihm um und schaut ihm direkt in die Augen: „Da sind wir einer Meinung. Das sag' ich auch immer."

David greift sicherheitshalber in einen großen Karton, auf dessen Seitenwand mit einem Filzschreiber die Aufschrift »Rita« angebracht worden ist. Der Karton steht auf dem Fußboden, Ritas Bücher sind darin gelagert. David holt eines davon heraus. Es ist ein feministisches Werk mit dem Frauen-Zeichen auf dem Cover.

„Sind das alles deine Bücher?"

Rita ordnet ihre Kakteen und denkt: Mein Gott, ist dieser Kerl schüchtern: „Ja, ja ... Ich lese viel, aber das ist mein einziges Laster."

David schlägt das Buch, das er in der Hand hält, auf und beginnt nach einer kurzen Pause laut vorzulesen: „Im Patriarchat werden die meisten Frauen zu devoten Sklavinnen der Männer gemacht ..."

Er schlägt das Buch zu und wendet sich an Rita: „Ich weiß zwar nicht, was das heißt, aber es macht mich irgendwie geil."

Rita lächelt ihn an.

Ein Schlüssel dreht sich im Schloß, die Wohnungstüre wird geöffnet, und der alte Koranda kommt nach Hause. Zum Glück ist es nicht Sue, die hereinkommt und die sicherlich keine Freude daran hätte, wenn Rita mit David alleine hier wäre.

Rita geht schnell zu David, schaut ihn eindringlich an und legt mahnend ihren Zeigefinger auf seine Lippen: Er soll nur ja ruhig sein!

Koranda bleibt stehen, natürlich sieht er die beiden, aber das wissen die ja nicht. Er spielt seine Rolle als blinder Mann weiter und lauscht.

„Ist hier jemand?"

Rita öffnet leise Davids Hemd, dem das sehr peinlich ist, aber Rita hält David den Mund zu. Koranda nimmt im Fauteuil direkt vor ihnen Platz. Wie in einem Stummfilm entledigen sich die beiden schnell ihrer Kleidung, direkt vor den Augen von Koranda, und sie fühlen sich unbeobachtet und tun alles, was Rita gern mit einem Mann tut. Knackarsch Pospischil fühlt sich wie im siebenten Himmel. Koranda bewundert Ritas Tätowierung, genießt und schweigt.

Später wird er sich im Park der Spione mit Natascha treffen. Er wird von Natascha, die wieder als Klosterschwester getarnt ist, und von Sarah an einer einsamen Stelle des Parks erwartet werden. Sarah wird ihn beim Näherkommen filmen.

6.

„Wo bleibst du so lange?“ ruft Natascha, als Koranda endlich im Park erscheint und sich nach allen Seiten umschaut, ob sein Treffen mit der wahnsinnigen Russin nicht von einem seiner ehemaligen Kollegen beobachtet wird. „Wir warten seit einer halben Stunde. Der Bürgermeister wollte uns schon als Hydranten engagieren ...“

Koranda nimmt die Brille ab und sagt zu Sarah: „Schalten Sie die Kamera ab, mein Kind. Diese ewige Filmerei macht mich nervös.“

Sarah läßt überrascht ihre Kamera sinken, sie ist erstaunt, daß Koranda sehen kann.

„Der ist ja gar nicht blind“, sagt sie.

„Natürlich nicht“, antwortet Natascha. „Hast du das denn nicht gewußt? Das ist doch alles nur Tarnung ...“

„Ihr kennt euch?“ fragt Koranda erstaunt. „Woher?“

Natascha legt ihrem Arm um Sarahs Schultern.

„Und ich habe die Geschichte von den armen Studentinnen der Filmakademie schon fast geglaubt“, sagt Koranda, der sich plötzlich mißbraucht und übertölpelt vorkommt.

„Nein, Sie irren sich!“ sagt Sarah. „Davon hat Natascha nichts gewußt. Das war allein meine Idee. Ich will einen Dokumentarfilm über Sie machen ...“

„Sie ist meine Enkelin, die Tochter von Nadja“, erklärt Natascha. „Du mußt wirklich blind gewesen sein, wenn du die Ähnlichkeit nicht bemerkt hast. Sie sieht doch wirklich fast genauso aus, wie Nadja 1968 ausgesehen hat.“

„Schon möglich“, antwortet Koranda. „Was macht sie hier?“

„Sie wird uns begleiten“, antwortet Natascha.

„Sie wird uns begleiten? Ist der totale Wahnsinn ausgebrochen oder was? Gib doch gleich ein Inserat in der Zeitung auf, dann können wir mit einem Autobus eine Gruppenreise zum Hackl machen. Vorher eine Mehlspeisjaus'n, und als Überraschung gibt's dann noch einen Kopfschuß.“

„Beruhige dich, mein Freund. Sarah wird uns mit ihrer Kamera begleiten und alles filmen. Und wenn etwas schief geht, dann kannst du sagen, du bist von mir dazu gezwungen worden, dorthin zu gehen. Und außerdem wird auf dem Video zu sehen sein, daß nicht du ihn umbringst, sondern ich.“

„Ich glaube, du hast zuviel Wodka erwischt in den letzten

Jahren. Das ist doch kompletter Irrsinn." Koranda nimmt jetzt Sarah bei den Schultern und schüttelt sie: „Können Sie das ihrer irrsinnigen Oma nicht ausreden?"

Sarah bleibt kalt und unbeeindruckt: „Das ist nichts anderes als Kriegsberichterstattung. Da darf man sich nicht einmischen. Ich bin völlig unparteiisch und mache nur einen Dokumentarfilm."

„Das ist Beihilfe zum Mord", schreit der alte Koranda sie an, „und nicht Kriegsberichterstattung!"

Natascha bleibt ruhig und hält jetzt alles für geklärt: „Nun? Können wir jetzt endlich gehen?"

„Warte!" sagt Koranda und setzt sich auf eine Bank. „Bitte, warte! Du willst dort unbedingt hingehen, stimmt's?"

„Ja, davon kannst du mich nicht abbringen."

Koranda will sie umstimmen, aber was er sagt, klingt nicht sehr überzeugend: Vielleicht bereue dieser Hackl heute, was er früher getan habe ... Das könne doch immerhin sein.

„Das kann ich mir nicht vorstellen", lacht Natascha.

„Du bist aber nicht der liebe Gott, Natascha! Du willst ganz allein über Tod und Leben bestimmen. Du willst Rache üben, nach mehr als 50 Jahren. Du willst einen Menschen töten."

„Wo war denn der liebe Gott, als dieser Herr Hackl meine ganze Familie umgebracht hat. Und nicht nur meine, sondern viele andere auch. Er hat Konzentrationslager errichten lassen. Er ist schuldig."

„Kein Mensch", sagt Koranda, „sollte sich als Richter über andere Menschen aufspielen. Wenn ich etwas gelernt habe in meinem Leben, dann das ..."

Natascha wendet sich enttäuscht von ihm ab: „Was ist bloß aus dir geworden? Vor 40 Jahren hättest du ihn noch selbst umgebracht."

„Vielleicht hätte man es vor 40 Jahren tun sollen. Vielleicht. Ich weiß es nicht. Ich weiß schon lange nicht mehr, was richtig oder falsch ist, was gut oder schlecht ist."

„Du bist alt geworden, Heinz Koranda", sagt Natascha traurig. „Nimm dir ein Beispiel an deiner Enkelin. Die hat mehr Mut als du und keine Skrupel, gegen einen Faschisten vorzugehen, der auch noch ein Ehrenkreuz der Republik Österreich erhalten hat. Ist das nicht eine Verhöhnung von all den Opfern?"

„Meine Enkelin?" fragt Koranda und starrt Sarah an. „Wieso

ist sie meine Enkelin?“

„Ich wollte sie und mich schützen“, erzählt Natascha nach einer Weile. „Ich war beim KGB und hatte plötzlich eine Tochter von einem österreichischen Gegenspieler. Und du hattest damals schon genug Probleme. Hätte ich dir sagen sollen, daß du Vater geworden bist? Die Genossen in Moskau haben zu mir gesagt: »Natascha, deine Tochter Nadja ist dein Problem, aber paß auf, daß du nicht erpreßbar wirst ...« Und ich wollte auf keinen Fall erpreßbar sein.“

„Aber warum ist Nadja nicht zu mir gekommen, wenn sie all die Jahre in Wien war und gewußt hat, daß ich ihr Vater bin?“

„Ich glaube, sie wollte ganz einfach nichts mehr zu tun haben mit den Kalten Kriegern ...“

„Wir sollten losfahren“, sagt Sarah, die das Unternehmen hinter sich bringen möchte.

Koranda nickt verwirrt und steigt in den Wagen: „Na gut. Fahren wir. Ich bin dabei. Es schaut so aus, als wäre es meine Aufgabe, dich dorthin zu begleiten und dich vielleicht in der letzten Minute doch noch davon abzubringen, diesen Nazi zu erschießen.“

„Er wird immerhin von einer Klosterschwester erschossen“, sagt Natascha lächelnd. „Das sollte ein Trost für seine Mörderseele sein.“

Sie fahren mit offenem Verdeck zum Semmering hinaus, die Sonne scheint, der Himmel ist blau, ein paar weiße Wolken liegen da oben verstreut herum, und kein vernünftiger Mensch würde an so einem schönen Tag einen Mord begehen. Doch Natascha zählt nicht zu den vernünftigen Menschen, sie läßt sich den Fahrtwind ins Gesicht blasen und legt ihre Hand auf Korandas Oberschenkel, um ihn zu beruhigen. Sarah fährt sehr langsam die alte Paßstraße hinauf, ihr Magen beginnt zu rebellieren, und es wird immer schlimmer, je näher sie dem Ziel kommen. Plötzlich hält sie es für gar keine so großartige Idee mehr, gemeinsam mit ihren Großeltern ein Haus zu betreten und sie dabei zu filmen, wenn sie den alten Hackl erschießen. Der ist doch sowieso schon so alt und wird sicherlich bald sterben. Was hat es also für einen Sinn, ihn umzubringen? Bis jetzt hat sie das alles für ein Spiel gehalten, doch es ist kein Spiel, ihr Großvater hat recht: Es ist Beihilfe zum Mord.

„Ich muß ein Zeichen setzen“, hat Natascha gesagt. Ein Zeichen. Da ist die Villa, die sie gesucht haben. Ein schönes altes Haus mit einem großen Garten, der an einen Wald grenzt. Das Käfer Cabrio fährt langsam vor und hält vor dem Nachbargrundstück. Natascha und Koranda steigen aus dem Auto und wollen schon zum Eingang der Villa gehen, da fällt ihnen auf, daß Sarah den Motor nicht abdreht, sich am Lenkrad festklammert und nicht aussteigt.

„Komm, Sarah! Worauf wartest du?“

„Vielleicht ist er nicht zu Hause“, sagt sie.

„Er ist zu Hause. Ich habe mich erkundigt“, antwortet Natascha.

„Wenn du alles so genau weißt, wofür brauchst du dann mich bei dieser Sache?“ fragt Koranda, doch Natascha gibt keine Antwort.

„Mir ist schlecht“, sagt Sarah. „Ich kann nicht mitkommen. Ich habe Magenschmerzen.“

„Und was ist mit deinem Video?“ fragt Natascha. „Du wolltest doch viele Preise damit gewinnen? Kriegsberichterstattung.“

„Er hat recht“, sagt Sarah leise. „Es ist Mord. Und es ist sinnlos. Nichts in dieser Welt ändert sich dadurch. Die Toten werden nicht lebendig, die Faschisten werden nicht klüger. Und auch meine Mutter bringt das nicht zurück.“

Koranda hält Sarahs Gesinnungswandel für eine Chance. „Wir können noch zurück. Jetzt können wir noch umdrehen“, sagt er zu Natascha.

„Misch dich nicht in ungelegte Eier“, antwortet ihm die Russin mit einem bösen Blick, dann nickt sie Sarah kurz zu: „Gut, mein Kind. Ich versuche dich zu verstehen. Bleib hier! Wir machen das schon. Aber fahr ja nicht weg! Wir brauchen das Fluchtauto ...“

Sarah nickt, sie klammert sich immer noch am Lenkrad fest. Sie holt ihre Videokamera hervor und filmt mit leicht zitternden Händen, wie Natascha ihre Pistole entsichert und wie sie gemeinsam mit dem alten Koranda langsam auf die Villa von Wolf-Dieter Hackl zugeht. Dann schaltet sie die Kamera ab und legt sie weg. Sie hat Angst.

Natascha und Koranda kommen an die Eingangstür der Villa. Sie sehen ein prächtiges Namensschild: »W. D. HACKL«.

Koranda läutet.

Sie hören das Summen eines elektrischen Türöffners.

Die Eingangstüre zum Garten der Villa springt auf.

Natascha und Koranda betreten das Grundstück und gehen auf den Eingang des Hauses zu. Die Haustür wird geöffnet, und Wolf-Dieter Hackl erscheint in der Türe. Er ist um die 90 Jahre alt, trägt einen Trachtenanzug mit diversen Orden und wirkt ganz und gar nicht gebrechlich. Er schaut sehr freundlich drein: „Einen schönen guten Tag, meine Herrschaften! Was kann ich für Sie tun? Ist heute nicht ein herrlicher Tag? Meine alten morschen Knochen freuen sich über jeden Sonnenstrahl.“

Koranda zeigt ihm seinen alten Ausweis.

„Wir sind von der Staatspolizei, Herr Hackl, und wir müssen uns mit Ihnen unterhalten.“

Hackl lächelt: „Aber geh'n S', Staatspolizei! Das ist doch ein blöder Schmäh! Seit wann arbeiten bei der Staatspolizei Klosterschwestern? Ich bin sicher, Sie wollen mir ein Zeitungsabonnement andrehen, aber ich abonniere keine Zeitungen mehr. In meinem Alter läßt man sich nicht mehr auf längerfristige Verträge ein, und auch die Augen sind nicht mehr das, was sie einmal waren. Wollen Sie vielleicht ein Glas Limonade? Das ist sehr angenehm bei dieser Hitze.“

Koranda und Natascha betreten das Haus, Hackl folgt ihnen und fährt sich durch die Haare. Er ahnt die Gefahr nicht einmal, in der er sich befindet. Die Tür wird von innen geschlossen.

Sarah sucht im Handschuhfach nach der Tequilaflasche, aber die Flasche ist leer. Sie wirft sie in großem Bogen weit weg, wie eine Handgranate. Sie schaut zur Villa von Hackl, Vögel zwitschern, in der Ferne bellt ein Hund, dann auf einmal: der Schuß!

Erschrocken fliegen ein paar Vögel auf, und die Türe zu Hackls Villa öffnet sich, und eine Klosterschwester kommt aus dem Haus und gleich dahinter ein großer Mann im schwarzen Anzug, der sich nach allen Seiten umschaut, die Klosterschwester am Oberarm nimmt, um ihre Schritte zu beschleunigen, sie öffnen schnell das Tor zur Straße, verlassen das Grundstück, überqueren die Straße und steigen in das wartende Käfer Cabrio.

Sarah würgt beim Wegfahren den Motor ab, sie startet mit zittrigen Fingern, Koranda schaut sich nach allen Seiten um, weiter oben auf der Straße geht eine alte Frau mit einem jungen Hund spazieren, Sarah legt den ersten Gang ein und fährt los.

Wolf-Dieter Hackl versucht sich aufzurichten, er weiß nicht, was genau passiert ist, er sieht nur das Blut, überall sein Blut, und er sinkt wieder auf den wertvollen Teppich vor dem offenen Kamin und er weiß, daß er jetzt sterben wird, weil da niemand im Haus ist, der ihm helfen könnte. Und er kommt nicht mehr bis zum Telefon, um selbst die Rettung anzurufen.

Da ist eine Klosterschwester gewesen, die eine Waffe auf ihn gerichtet und „Tscherkassy“ gesagt hat. „Tscherkassy.“ Natürlich hat er gewußt, daß er dort im Krieg gewesen ist. Aber er hat es geleugnet. Doch alle seine Worte haben nichts genützt. Diese verfluchten Juden haben keinen Respekt, sie verkleiden sich sogar als brave katholische Klosterschwestern, um ans Ziel zu kommen.

„Tscherkassy“, hat sie gesagt und abgedrückt.

In der Abenddämmerung rudert der alte Koranda Natascha über den Neusiedlersee.

„Ich habe recht gehabt“, sagt Natascha. „Er hat nichts bereut.“

„Ja, du hast recht gehabt“, antwortet Koranda unwirsch. „Aber die Leute, die ihm den Orden verliehen haben, die leben noch, und die sind weiterhin in Amt und Würden und regieren dieses Land.“

Das Boot nähert sich dem Ufer, nähert sich einem kleinen Steg im Schilf und legt an. Koranda läßt Natascha aus dem Boot steigen und reicht ihr einen Koffer.

„Dort hinten ist Ungarn“, sagt Koranda. „Dieser Teil ist ein altes Fenster in der Grenze, das wir schon früher benutzt haben. Du gehst ungefähr zehn Minuten zu Fuß und bist dann drüben. Laß dich nicht erwischen.“

„Ist das nicht alles ein bißchen übertrieben?“ fragt Natascha. „Es weiß doch niemand, daß ich das Schwein geschlachtet habe.“

„Sicher ist sicher.“

„Die werden sich doch nicht an einer alten Dame vergreifen!“

„Ich habe jedenfalls keine Lust, dich im Gefängnis zu besuchen.“

„Danke für deine Hilfe“, sagt Natascha nach einer Pause. Sie hat plötzlich die Waffe in der Hand, mit der sie Hackl erschossen hat. Koranda erschrickt. Aber Natascha hat nicht vor, auf ihn zu schießen. Sie holt weit aus und wirft die Waffe in den See.

„Doswidanja", sagt sie. „Nadja wäre sicherlich stolz auf dich gewesen."

„Paß auf dich auf, du verrückte Großmutter", sagt Koranda und rudert vom Steg weg. Natascha nimmt ihren Koffer und verschwindet im hohen Schilf. Der alte Koranda rudert über den See, zurück zu seinem Haus. Plötzlich fühlt er sich sehr jung.

Rita und zwei junge Mädchen tanzen nackt im Scheinwerferlicht. „Love is strong and you're so sweet ..." singt Mick Jagger. Sie tanzen wild und aufreizend und bieten, wie jeden Abend, eine erregende Bühnenshow. An einem Tisch sitzen Sarah, Sue und Knackarsch Pospischil bei einer Flasche Champagner. Sarah starrt auf die Flasche und hält die Arme vor ihrer Brust verschränkt. Sue ist fasziniert und zugleich geschockt von dem, was sie hier, offenbar zum ersten Mal, sieht. David starrt mit offenem Mund auf Rita, die ihm zuzwinkert, während sie sich wie eine Wahnsinnige an einer Metallstange rauf und runter bewegt. „... seedy bars ..."

„Ist es das, wovon Männer träumen?" fragt Sue mit unsicherer Stimme David. „Müssen sich Frauen wirklich so idiotisch aufführen, damit sie von den Männern begehrt werden? Wenn ja, dann bleib' ich lieber single ..."

David stottert fast, er fühlt sich ertappt: „Naja ... es ist irgendwie ... ich weiß auch nicht ... interessant? Oder?"

„Interessant?"

„Wir sind alle Augenmenschen", sagt Sarah, fast wie in Trance, ohne den Blick von der Champagnerflasche zu nehmen.

„Du findest das also normal, ja?" kritisiert Sue. „Diese nackten Weiber da, die irgendwelchen Männern den letzten Rest von ihrem Hirn ... Das findest du normal. Dann ist es ja kein Wunder, wenn ein Mann ..., wenn der einen Herzinfarkt bekommt und ... – Wo warst du eigentlich heute den ganzen Tag, Sarah? Ich hab' ein paarmal versucht, dich zu erreichen."

„Ich hab' einen Ausflug gemacht", antwortet Sarah, „mit meiner Großmutter."

Das Publikum applaudiert. Die drei Mädchen verlassen schnell die Bühne und machen Platz für andere nackte Mädchen. David weiß, daß Rita nie wieder mit ihm schlafen wird, das hat sie ihm gesagt. Aber er weiß auch, daß er noch oft an sie wird denken müssen, und er hat Angst davor, an sie zu denken, wenn er mit Sue beisammen ist.

Der alte Koranda hat in seiner Wohnung Besuch. Sybille und Robert sowie die Fratzen Jennifer und Alexander sind gekommen. Die Fratzen bestaunen die an die Wand genagelten Bären und montieren sie vorsichtig ab. Sybille räumt die Reste einer Jause weg. Robert liest im Stehen in einer Zeitung. Die Titelseite zeigt ein Foto von Wolf-Dieter Hackl und eine fette Schlagzeile: »GEHEIMNISVOLLER MORD AM SEMMERING!«

Heinz Koranda sitzt desinteressiert in einer Ecke.

„Untermieter? Das ist doch kein Zustand!“ ereifert sich Sybille. „Du kannst doch da nicht mit drei jungen Frauen zusammenwohnen. Was sollen denn die Leut’ von dir denken?“

„Mir ist wurscht, was die Leut’ von mir denken“, sagt Koranda. „Und dir kann’s erst recht wurscht sein.“

„Vielleicht sollten wir ihn entmündigen lassen?“ sagt Sybille ganz nebenbei zu ihrem Mann. „Die Maria kommt nicht mehr zurück. Soviel steht fest. Und in einem Heim ist ihm sicher nicht fad.“

Koranda schaut Robert lange an, dann sagt er zu ihm: „Sag deiner schwindligen Frau, sie soll endlich die Papp’n halten ... Ich geh’ in kein Heim.“

Robert faltet die Zeitung zusammen. Sybille läßt absichtlich ein Tablett mit Geschirr fallen und sammelt energisch und wütend die Kinder ein: „Jennifer! Alexander! Kommts! Wir gehen. Und diese Teddybären nehmen wir nicht mit!“

Die Mutter und die Fratzen verlassen die Wohnung, laut wird die Türe zugeschlagen. Robert setzt sich und starrt seinen Vater an.

„Mußt du immer auf ihr herumhacken?“ fragt er.

„Sie erinnert mich an deine Mutter“, antwortet Koranda. „Die Maria war genauso, wie sie jünger war.“

„Hast du etwas mit dem Mord an diesem Hackl zu tun?“ fragt Robert nach einer Weile. „Ich find’ das schon seltsam. Du fragst mich nach dem Akt von diesem Hackl, und ein paar Tage später wird er in seinem Haus erschossen.“

„Die Maria fehlt mir“, sagt der alte Koranda. „Zuerst war ich froh, daß sie weg war, ich hab’ auf einmal tun und lassen können, was ich wollt’, hab’ alle Freiheiten g’habt, niemand hat mir was dreing'red't – aber jetzt fehlt sie mir. Ich weiß auch nicht, warum. Manchmal werde ich nachts wach und frag': Maria? Aber natürlich ist sie nicht da."

„Vielleicht ruft sie mich irgendwann an. Dann kann ich ihr ja sagen, daß sie dir fehlt."

„Ja nicht! Dann bildet sie sich gleich wieder wer-weiß-was ein. Hast du wirklich keine Ahnung, wo sie ist?"

Robert schüttelt den Kopf: „Sie hat's mir nicht g'sagt. Sie hat mich vor ein paar Tagen angerufen und nur g'sagt, daß es ihr gut geht und daß sie mir schon bald einen langen Brief schreiben wird, in dem sie mir dann alles ganz genau erklärt, aber seither hab' ich nix mehr von ihr gehört. Das einzige, was sie gesagt hat, ist, daß du in Wirklichkeit gar nicht blind bist und daß du uns das alles in den letzten Jahren nur vorgespielt hast. Ist das die Wahrheit?"

„Weißt, wie lang ich schon keine anständige Nudelsupp'n mehr 'gessen hab'?" sagt der alte Koranda. „Niemand kann eine so gute Nudelsupp'n machen wie deine Mutter."

7.

Am nächsten Tag ist Dr. Werner Stoltenberg, ein hoher Beamter der Staatspolizei, in seinem Büro damit beschäftigt, mit geblähten Backen eine blonde lebensgroße Sexpuppe (Modell »Dolly Buster«) aufzublasen. Er hat einen fast liebevollen Gesichtsausdruck dabei. Dr. Stoltenberg ist um die 50, korrekt gekleidet, durch und durch ein Bürokrat, der mit Leib und Seele Polizist im Innendienst ist.

Koranda betritt ohne die Tarnung der Blindheit das Büro von Stoltenberg. Er trägt eine Aktenmappe unter dem Arm. Schnell läßt Stoltenberg die Puppe unter dem Tisch verschwinden. An der Wand hängt eine Uhr, die kurz vor Zehn zeigt und die von Koranda heimlich beobachtet wird.

„Guten Tag! Sind Sie Stoltenberg? Dr. Werner Stoltenberg?"

„Ja", antwortet Stoltenberg verwundert und zugleich verärgert ob der Störung. „Das bin ich ... Wer sind Sie?"

„Ich bin »der Läufer«", sagt Koranda. „So nennen mich alle. Man hat mir gesagt, Sie sind der beste Mann hier im Amt. Ein Mensch mit Erfahrung und Feingefühl. Und ich habe einen Auftrag für Sie, der viel Erfahrung und Feingefühl verlangt."

„Der Läufer? Ich hab' von Ihnen gehört. Sind Sie nicht schon lange tot?"

„Das ist die beste Tarnung."

Koranda zieht ein Porträtfoto aus der Aktenmappe, das Maria Koranda zeigt. Er gibt das Foto Stoltenberg.

„Es geht um diese Frau. Im Akt finden Sie Angaben zur Person. Sie nennt sich jetzt wahrscheinlich Maria Koranda ... und ist irgendwo ... vielleicht in Südeuropa untergetaucht. Ich will, daß eine Fahndung nach dieser Frau hinausgeht. Und zwar noch heute."

Stoltenberg ist ratlos: „Eine internationale Fahndung? Was hat sie denn angestellt, diese Frau?"

Koranda schaut auf die Uhr: „Sie ist höchstwahrscheinlich Teil einer internationalen Verschwörung und gehört möglicherweise einer terroristischen Vereinigung an ... Wir glauben auch, daß sie mit der Ermordung von diesem Wolf-Dieter Hackl etwas zu tun hat."

Stoltenberg pfeift beeindruckt durch die Zähne: „Die ist aber schon ganz schön alt für eine Terroristin, nicht wahr?"

„Die Senioren von heute sind unberechenbar", sagt Koranda. Der Zeiger der Uhr springt weiter: Es ist jetzt genau zehn Uhr. Und das Telefon läutet. Stoltenberg hebt ab.

Die Schachspieler stehen grinsend um Binder herum, der in seinem Rollstuhl sitzt, ein Funktelefon in der Hand hat und mit Stoltenberg telefoniert. Ein Joint macht die Runde. Binder gibt sich unterwürfig: „Gott zum Gruß, Herr Dr. Stoltenberg. Hier spricht Binder, Sie wissen schon: Staatspolizei. Ist unser Mann schon bei Ihnen eingetroffen?“

„Ja, der Herr ... Läufer ist bei mir. – Ja, ja, selbstverständlich, ich verstehe ... ja, Diskretion.“

„Danke für die Kooperation, Herr Doktor“ sagt Binder, klappt sein Telefon zusammen und nimmt lachend den Joint an sich, um einen tiefen Zug zu tun.

„Dieser Stoltenberg ist noch genauso blöd wie vor 20 Jahren ...“

„Der war früher bei der Sitte“, sagt Müller.

„Ich weiß“, antwortet Binder. „Der war eine ganz große Nummer bei der Sitte, aber dann hat er sich ang'steckt.“

Sie lachen.

Stoltenberg legt den Hörer auf und sagt zu Koranda: „Sie können sich darauf verlassen, Herr Läufer ... Die Fahndung nach dieser Frau ... geht noch heute hinaus.“

Koranda gibt ihm die Hand.

„Danke. Ich werde Sie beim Innenminister lobend erwähnen.“ Er geht zur Türe, dreht sich nochmals um: „Ich will aber nicht, daß die Frau verhaftet wird. Haben Sie mich verstanden? Keine Verhaftung! Wir brauchen nur ihre derzeitige Adresse, um sie heimlich beobachten zu können ...“

„Selbstverständlich. Keine Verhaftung, nur die Adresse. Sie wird überhaupt nicht merken, daß wir sie gefunden haben.“

Koranda verläßt zufrieden das Büro, Stoltenberg holt seine blonde Puppe hervor und schlägt ihr ins künstliche Gesicht: „Scheiß Weiber!“

Eine deutsche Antiterror-Einheit fährt wenig später in ihren Fahrzeugen bei einem Berliner Gründerhaus in der Bautzener Straße vor. Die uniformierten Männer springen heraus, ruckzuck, laufen auf den Eingang des Hauses zu, ruckzuck, und stürmen das Treppenhaus. Sie laufen hinauf in den zweiten Stock, ruckzuck, nähern sich vorsichtig einer Wohnungstüre, ruckzuck, und machen sich bereit, die Türe aufzubrechen ...

Die Berliner Antiterror-Einheit stürmt die Wohnung. Sie treffen auf eine Frau in Marias Alter, die einen bunten Badeanzug und eine alte Schärpe mit der Aufschrift »MISS BERLIN 1955« trägt. Die Frau ist soeben damit beschäftigt, mit einem Wellensittich im Käfig zu kommunizieren. Sie schaut die Männer der Antiterror-Einheit groß an und fragt: „Kommen Sie die Waschmaschine reparieren?"

Zur gleichen Zeit, in einer Trattoria irgendwo in Italien, serviert Maria Koranda ihren Gästen Rotwein und Spaghetti, während die Berliner Antiterror-Einheit deprimiert ihr Versagen eingestehen muß.

Dr. Stoltenberg steht am Fenster und schaut mit einem Fernglas hinaus, er beobachtet eine Studentin im Haus gegenüber: „London, Paris, Madrid, Lissabon, Athen, Rom und heute Berlin." Er legt das Fernglas weg und dreht sich zu Koranda: „Wir haben wirklich alles getan, was wir konnten. Diese Frau ist wie vom Erdboden verschluckt, wie man so sagt."

Koranda ist enttäuscht: „Unsere Bürokratie ist ein gigantischer Mechanismus, der von Zwergen bedient wird."

„Tut mir leid. Wir wissen nur, wo sie nicht ist", sagt Stoltenberg. „Was haben Sie jetzt vor?"

Koranda hebt die Hand zum Gruß und macht sich daran, das Zimmer zu verlassen: „Eine Katze mit Handschuhen fängt keine Mäuse."

Und schon ist er draußen bei der Türe.

Im Park der Spione laufen ein alter Mann und eine alte Frau in bunten Jogging-Anzügen durch die Wiese.

Wagner raucht einen Joint und schaut düster den Läufern nach: „Diese fitten Senioren sind eine Pest."

Swoboda kichert: „Ja! Die können nicht in Würde alt werden."

Ross und Koranda, der vor seinen ehemaligen Kollegen immer noch den Blinden spielt, beobachten aus einiger Entfernung Binder, Wagner, Swoboda und Müller, die einen Lachkrampf erleiden und sich neben dem Schachspiel, wie wahnsinnig geworden, kichernd im Gras wälzen. Ross hält Koranda einen Joint hin: „Willst du?"

Koranda macht einen tiefen Zug und beginnt zu husten.

„Maria ist in Italien", sagt Ross nach einer Weile. „Ich habe dir alles aufgeschrieben."

Er gibt ihm einen Zettel.

„Du kannst den Ort gar nicht verfehlen. Maria hat sich dort ein kleines italienisches Restaurant gekauft."

„Wie hast du das herausgefunden?"

Ross lächelt: „Einmal CIA, immer CIA. Du weißt schon, wir sind die klügsten Burschen der Welt ... Außerdem habe ich einen Freund, der für »Gault Millau« arbeitet."

„Es wäre schön, wenn die Geheimdienste dieser Welt keine anderen Aufgaben hätten, als die verloren gegangenen Frauen von alten Trotteln zu suchen", sagt Koranda und verabschiedet sich von seinen Freunden.

Das VW Käfer Cabrio ist am Straßenrand geparkt. Rita, Sue und Sarah stehen daneben. Koranda wuchtet einen großen Karton in den Kofferraum. In dem Karton sind jede Menge Wut-Bärlis. Er schließt den Kofferraum. Sarah hält ihm ihren Autoschlüssel hin. Koranda hält ihr seinen Wohnungsschlüssel hin.

„Bist du sicher, daß du tauschen willst?" fragt Sarah. „Das ist ein altes Auto."

„Ich bin ein alter Mann."

Sie tauschen die Schlüssel.

„Danke für die Wohnung", sagt Sarah.

„Danke für das Auto. Hast du was von deiner Großmutter gehört?"

„Sie hat mich aus Moskau angerufen. Es geht ihr gut."

Der alte Koranda nickt, dann umarmt er die drei jungen Frauen, Sarah ganz besonders, und steigt ein. Er startet den Motor und fährt weg. Rita, Sue und Sarah schauen ihm nach.

„Warum haben sie ihn eigentlich den Läufer genannt?" fragt Rita nach einer Weile.

Sarah zuckt mit den Achseln: „Keine Ahnung."

„Wegen der Schachfigur ...", sagt Sue.

Rita und Sarah blicken Sue fragend an.

„Der Koranda hat bei einem großen Turnier einmal eine Partie Schach gegen seinen Chef, den Hofrat Huber, verloren", erzählt Sue. „Das war Anfang der sechziger Jahre. Und das hat den Koranda so wütend gemacht, daß er dem Huber eine Schachfigur in den Mund gesteckt hat, einen weißen Läufer. Der Koranda hat den Huber dann gezwungen, die Figur hinunterzuschlucken, und der Huber wäre fast daran erstickt. Seit damals haben sie den Koranda »Läufer« genannt."

Rita und Sarah sind verwundert: Woher weiß Sue das?

„Das war ein Skandal, es ist damals in allen Zeitungen gestanden ... Der Typ aus dem Archiv hat es mir erzählt. David ..."

„Du triffst dich mit ihm regelmäßig?" fragt Rita.

„Ja", antwortet Sue verschämt.

„Erzähl! Wie ist er so? Hast du ihn schon verführt?" fragt Sarah und nimmt Sue gemeinsam mit Rita in die Mitte.

„Naja, er ist furchtbar lieb", lächelt Sue.

Rita schlägt Sue mit der flachen Hand fest auf den Hintern.

„Du siehst, es gibt Männer, die auch auf deinen Arsch geil sind", sagt sie mit einem lauten Lachen. Sarah nimmt fünf Videokassetten aus ihren Taschen, hebt die Klappen hoch und zieht die Bänder heraus, um sie zu zerstören. Eine Kassette nach der anderen. Dann wirft sie die zerstörten Bänder mit den Kassetten in einen Mistkübel, der an einer Straßenecke montiert ist.

„In meinem nächsten Film wirst du die Hauptrolle bekommen", sagt Sarah zu Rita, die sofort vorschlägt, in der »Edison Bar« ein paar Tequilas zu kippen: „Zur Feier des Tages."

8.

Koranda fährt mit dem VW Käfer Cabrio auf der Küstenstraße von Cinqueterre dahin und stellt fest, daß er für den Straßenverkehr der neunziger Jahre vielleicht doch schon ein bißchen zu alt ist. Er ist auf der Südautobahn bei Hartberg bei einem deutschen LKW fast unter die Räder gekommen, weil er an die letzten Minuten von Hackls Leben dachte, um ein Haar hat er kurz vor Klagenfurt beim Überholen eines Traktors einen entgegenkommenden Motorradfahrer in den Straßengraben gezwungen, weil er sich an Ritas tätowierte Brüste erinnerte, und auf der Küstenstrasse von Cinqueterre hat sich eine deutsche Autostopperin mit einem Hechtsprung in Sicherheit bringen müssen, weil der alte Koranda kurz vergessen hat, daß er am Steuer sitzt und daß man nicht gleichzeitig lenken und eine Straßenkarte lesen darf.

„Vielleicht bin ich wirklich schon ein seniler alter Trottel“, sagt er laut zu sich selber. Schließlich findet er das Dorf, das er gesucht hat. Er fährt mit dem Auto durch ein paar enge Gassen, biegt von der falschen Seite in eine Einbahnstraße ein. Dann kommt er endlich an.

Koranda hält mit dem Auto in der Nähe einer kleinen Trattoria, er steigt aus und geht langsam und mit aufgeblähten Wangen auf den Eingang des Lokals zu. Durch ein Fenster schaut er ins Innere und entdeckt fröhlich plaudernde Gäste, die dampfende Spaghetti vor sich auf den Tischen haben – und er sieht eine lachende Maria, die soeben eine Glaskaraffe mit Wein aus der Chianti füllt.

In einer Ecke steht eine Musicbox aus den sechziger Jahren.

Koranda beobachtet Maria eine Weile durch das Fensterglas, sie schaut gesund aus und glücklich und eigentlich sehr begehrenswert. Es ärgert ihn ein bißchen, daß sie seit der Trennung von ihm sogar aufgeblüht ist und viel lebendiger wirkt, als er sie in Erinnerung hat. Koranda blickt sich kurz nach allen Seiten um, setzt dann entschlossen seine Blindenbrillen auf und betritt die Trattoria.

„Gibt's hier eine anständige Nudelsupp'n?“ fragt er laut. Alle Blicke sind verständnislos auf ihn gerichtet. Überrascht starrt ihn auch Maria an, der Wein läuft über: „Was machst denn du da, alter Trottel? Ich hab' doch g'sagt, daß ich dich nie mehr sehen will ...“

Koranda tastet sich mit einem Lächeln durch den Raum, hin zur Musicbox, wo er eine Münze einwirft und »S7« drückt: »Route 66« von Nat King Cole. Koranda schaut seine Frau an, sie schüttelt den Kopf, dann geht er auf sie zu und kniet vor ihr nieder. Die Gäste in der Trattoria lachen und klatschen Beifall.

„Ich bitte dich, Maria: Komm zu mir zurück!"

Maria ist sichtlich gerührt, aber sie will es ihm nicht zu leicht machen: „Steh auf, Heinz. Wir sind ja nicht bei uns zu Hause."

Koranda steht mühsam auf, um sie zu umarmen und zu küssen, sie weicht seinen Lippen aus und beißt ihn kräftig, wie ein Vampir, in den Hals. Erschrocken fährt Koranda zurück und legt seine flache Hand auf die Bißstelle am Hals.

„Au!" schreit Koranda und wendet sich mit gespieltem Entsetzen an die Gäste. „Hilfe! Sie hat mich gebissen. Jetzt lebe ich ewig ..."

Ein sonniger Tag ist das. Ein paar Fischerboote liegen kieloben auf dem Strand. Im Hintergrund kann man die Häuser des kleinen Dorfes sehen. Ein paar Männerstimmen werden vom Wind hierher geweht. Koranda, mit einem senffarbenen Wut-Bärli in der Hand, ohne Brille und mit bis zu den Knien aufgekrempelten Hosenbeinen, steht mit den Füßen im Wasser und schaut hinaus zum Horizont. Minuten vergehen, ohne daß er sich bewegt. Er steht wie ein Denkmal im Meer. Hinter ihm geht Maria, barfuß, auf dem trockenen Strand auf und ab.

„Daß dir das da gefällt ...", sagt Koranda ernst, bevor er sich zu Maria umdreht und sie anlächelt, „das versteh ich."

Maria will die Situation schnell klären: „Na gut. Probier'n wir's halt noch einmal miteinander, du alter Trottel, aber ich will keine Weiberg'schicht'n mehr erleben, und z'rückg'red't wird auch nicht. Ich verlange die totale Unterwerfung ..."

Koranda geht zurück ans Ufer, wo seine Schuhe stehen.

„An der Sprache erkennt man das Regime", murrt er, und nach einer Weile schaut er seiner Maria sehr tief in die Augen und sagt: „Geh, komm, Maria. Zieh mir die Schuh' an ..."

Im Park der Spione fahren zur gleichen Zeit vier Polizeiautos mit Blaulicht über den Rasen. Acht junge uniformierte Polizisten springen heraus und verhaften Binder, Müller, Swoboda, Wagner und Ross, die neben dem Schachfeld herumlungern, wieder einmal gemeinsam Haschisch geraucht haben und äußerst guter Laune sind. Sie werden von den Uniformierten mit strengen Händen und knappen Befehlen respektlos in die wartenden Polizeiautos geschubst. Die rauchenden Joints werden konfisziert.

„Meinen Rollstuhl brauche ich jetzt nicht mehr“, schreit Binder und beginnt zu lachen. „Ich kann fliegen!“ Aber natürlich braucht er ihn, und einer der Polizisten verstaut den zusammengeklappten Rollstuhl im Kofferraum, nachdem er gemeinsam mit einem Kollegen den glucksenden Binder ins Auto gehoben hat. Mit Tatü-Tata entfernen sich die Einsatzfahrzeuge aus dem Park, um die würdelosen Alten ins nächste Kommissariat zum Verhör zu bringen. Neben den Schachfiguren, auf dem Feld B-3, bleibt ein metallisches Gestell auf kleinen Rädern zurück, an dem eine leere Glasflasche baumelt, von der ein Plastikschlauch herunterhängt.

Ein paar Monate später ist Sarah die Regisseurin eines Spielfilms. Sie gibt Anweisungen an ihre Hauptdarstellerin Rita, die sich endlich einmal nicht ausziehen muß, ein schönes Kostüm trägt und einen Kriminalfilm mit Wolfram Berger dreht.

Sue und David beobachten die Dreharbeiten auf dem Heldenplatz. Sue macht sich Notizen zum Film auf einem kleinen Schreibblock. Sie wird auf der Kulturseite einen großen Artikel über Sarahs ersten Spielfilm bringen. Auch der neue Chefredakteur der Zeitung ist Sues Vater noch einen kleinen Gefallen schuldig.

David Knackarsch Pospischil hat einen Fotoapparat vor seinem Gesicht und macht Großaufnahmen von Rita. Offensichtlich arbeitet er nicht mehr im Archiv des Verlags, sondern als Fotograf. Er wohnt mit Sue in einer großen ruhigen Wohnung am Stadtrand und trifft sich zweimal pro Woche mit Rita im »Hotel Orient«.

Das Leben besteht aus Kompromissen.

GEORG BIRON

„Man muß sich erinnern, wie vieles von dem, was wir heute unser Bildungsgut nennen, was zum akzeptierten Kanon gehört, einmal so ähnlich begann: Pound und Joyce, Genet und Miller ...“

Fritz J. Raddatz in »DIE ZEIT«

1958	am 18. Oktober in Wien geboren
1975	erste Veröffentlichung im österreichischen Kulturmagazin »Neue Wege« Herausgeber der Zeitschriften »Shark« und »Fliegenpilz«
1976	K. Ö. L. A.–Theaterpreis für den Einakter »Phlegma«
1976-80	Autor und Mitherausgeber beim Wiener Literaturverlag »Frischfleisch & Löwenmaul« Chefredakteur des Magazins »Zeit-Schrift« Herausgeber mehrerer Bücher und Anthologien Mitarbeiter von »konkret«
1977	Matura, danach verschiedene Jobs (Kellner, Reiseleiter, Prospektverteiler, Journalist, Werbetexter) Theaterstück »Ich kann nicht mehr die Augen schließen« (Theater am Stachus, München)
1979	Studium an der Universität Wien (Jura, Publizistik, Theaterwissenschaften) Theodor-Körner-Preis für Literatur Freier Mitarbeiter des PLAYBOY (bis 1992)
1980	Literaturstipendium der Stadt Wien »Gedichte aus verschiedenen Nächten« (Edition Kopfnoten, Wien) Theaterstück »Widerstand durch Poesie« (Theater im Konzerthaus, Wien)
1981	Literaturpreis des PEN Club Liechtenstein Militärdienst beim Garde-Bataillon
1982	Dramatikerstipendium für »Pig Malion«
1983	Drehbuchstipendium für »Druck« Theaterstück »Tote Indianer. Gute Indianer« (Ensemble-Theater am Petersplatz, Wien) Kriegsberichterstatter in Lateinamerika

1984 Roman »Höchste Zeit« (Edition S & B, Wien)
Radio-Features für den ORF
Schlagertexte (u. a. »Imagine: Stell dir vor«, CBS)
Chefredakteur von »M. Das Magazin« (bis 1986)

1985 Radio-Features für den ORF
Freier Mitarbeiter von ZEIT und GEO
Lyrikbände »Das ist Amerika!«, »Männa ohne Frau'n«, »Glück und Glas«, »Sex'n'Crime«, »Grabsteinland« (alle: Edition S & B, Wien)
Theaterstück »Pygmalion '85« (Salzburger Sommertheater, Wien und Salzburg)

1986 Erzählungen »Männer Männer Männer« (Edition S im Verlag der österreichischen Staatsdruckerei)
Chefredakteur der Magazine »Extrablatt« und »Juke-Box«

1987 Radio-Features für den ORF und den SFB
Biographie »Der Qualtinger – Blues für einen Partisanen« (Verlag Kremayr & Scheriau, Wien)

1988 Mitglied des internationalen PEN-Club
Drehbuch für die 3-teilige CBS-TV-Serie »Days Of Wrath« (gemeinsam mit Imre Lazar)

1989 Dokumentarischer Roman »Die letzte Beichte – Geschichte eines Verrats« (Edition S, Wien)
Sachbuch »Greeny. Die grüne Fibel« (Verlag Loidelsbacher, Wien)
Jahresstipendium des Kulturministers

1990 Erzählung »Waikiki« (Edition Free Life, Wien)

1991 Eigene wöchentliche Radiosendung »Erotic Club« (für Radio CD)
Drehbücher für ORF und BR (Jugendprogramm):
»Frank Hassler Fußballstar«, »Für schuldig befunden«, »Mantolas Entführung«, »Wahrheit zu verkaufen«

1992 Freier Mitarbeiter von ZEIT-MAGAZIN, WIENER, KURIER, GEO, KRONENZEITUNG.
Drehbuch für den ORF: »Wahrheit zu verkaufen«
Drehbuch für das ZDF: »Das Glück liegt in Waikiki« (gemeinsam mit Peter Patzak)

1993	Roman »Frauen bei Vollmond« (Edition S, Wien)
1994	Sachbuch »Gibt es ein Jenseits? – Übersinnliche High-Tech-Kontakte« (Verlag Ueberreuter, Wien)
	Drehbuch »Glück auf Raten« (ORF) (gemeinsam mit Peter Patzak)
	»Das Joe Berger-Lesebuch« (Edition S., Wien)
1995	Drehbuch »Ciao Bello« (ARD) (gemeinsam mit Peter Patzak)
	Drehbuch »Crazy Moon« (ORF/WDR) (gemeinsam mit Peter Patzak)
1996	Drehbuch »Die Scheidung« (RTL)
	Roman »Rot ist die Sünde« (Aarachne Verlag)
	Biographie »Qualtinger« (Hannibal-Verlag)
1997	Drehbuch »Trivial Lovers« (gemeinsam mit Peter Patzak)
	Drehbuch »Ciao, Alberto!«
	Drehbuch »Vergewaltigungen« (RTL)
	Drehbuch »Mutter, wie weit darf ich reisen?«

****

„Georg Biron versteht es, in Bildern zu schreiben, die eine heitere Resignation erkennen und nachempfinden lassen; garniert mit überraschenden Satzpointen.“

– »PENTHOUSE«

„Das ist Magazinstil, Reporterstil, Zeitgeiststil!“

– »KRONEN-ZEITUNG«

„Kaum 20jährig lieferte der Wiener Georg Biron schon überzeugende Zeugnisse seines literarischen Könnens. Das Älterwerden hat ihm nicht geschadet. Im Gegenteil. Ebenso genützt hat ihm seine journalistische Erfahrung: knapp, kraftvoll und obendrein dicht. Das Prädikat »literarischer Reporter« wurde ihm zurecht verliehen. Birons Geschichten strotzen vor Saft und Kraft. Ein Name, von dem hoffentlich noch mehr zu hören und zu lesen sein wird.“

– »OÖ NACHRICHTEN«